AF235956

Martin Krist, geboren 1971, lebt in Berlin. Er arbeitete viele Jahre als leitender Redakteur bei verschiedenen Zeitschriften. Seit 1997 ist er als Schriftsteller tätig. Nach mehr als 30 Sachbüchern, darunter Biografien über die Hamburger Kiez-Ikone Tattoo-Theo, die Punk-Diva Nina Hagen, den Rap-Rüpel Sido, die Grunge-Ikone Kurt Cobain und den gewaltlosen Rebell Mahatma Gandhi, schreibt er seit 2005 Krimis und Thriller.

www.Martin-Krist.de

MARTIN KRIST

LERNE ZU

DIE AKADEMIE DES TODES

LEIDEN

DÜSTER. BLUTIG. SPANNEND.
»DIE AKADEMIE DES TODES«

In beliebiger Reihenfolge lesbar:
Martin Krist - »Lerne zu leiden«
Emely Dark - »Lerne zu hassen«
Timo Leibig - »Lerne zu fürchten«

Die Deutsche Nationalbibliothek verzeichnet diese Publikation in der Deutschen Nationalbibliografie; detaillierte bibliografische Daten sind im Internet über http://dnb.dnb.de abrufbar.

© 2021 R&K
c/o Martin Krist
Postfach 910104, 12413 Berlin

Lektorat: Sarah Lippasson & Denise Wassermann
Korrektorat: Rebecca Feist (die-flinke-feder.de)

Titelbild & Umschlaggestaltung:
Designomicon | Anke Koopmann unter Verwendung von Motiven von © shutterstock

Herstellung und Verlag: BoD – Books on Demand, Norderstedt

ISBN: 978-3-7534-7902-6

SONNTAG
12. OKTOBER

EINS

Anfangs zierte sich Isa.

»Nicht hier«, sagte sie und rutschte über die harte Holzbank, auf der sie saßen, ein paar Zentimeter weg, »nicht vor ... vor all den Leuten.«

Doch Sam, forsch wie immer, schob sich ihr einfach nach, dann küsste er sie. Vor all den Leuten.

Und natürlich gefiel es ihr.

Also ließ sie es geschehen, auch als sich seine Hand unter ihr weißes, sommerliches Leinenkleid schob und über ihren nackten Oberschenkel strich.

So schön, dachte sie.

Das wohlige Schaudern ließ sie tatsächlich die Leute ringsum vergessen, all die Eltern, die Kinder, deren Geschrei und –

Unvermittelt zupfte es an Sams Ärmel. »Sam«, piepste eine Kinderstimme, »kommst du hüpfen?«

Für einen kurzen, sehnsüchtigen Moment hielt Isa ihre Lippen auf Sams Mund gepresst und genoss das Gefühl seiner Finger auf ihrer Haut.

Nicht aufhören!

»Komm, Sam!« Das Rupfen an seinem Arm wurde ungeduldiger. »Komm hüpfen!«

Isa seufzte bedauernd, als Sam sich von ihr löste.

»Tja, leider werde ich jetzt anderweitig verlangt.« Er wandte sich dem kleinen Jungen zu, der sich noch immer an ihn klammerte. »Wie war das, Lukas, du willst hüpfen?«

»Jaaa!« Begeistert klatschte Lukas in die Hände. »Ja, Sam, komm hüpfen!«

Das freudige Strahlen auf seinen kleinen, pausbäckigen Wangen brachte auch Isa zum Lächeln.

Bis sie den Blick einer älteren Dame auffing.

Offenbar hatte diese sie schon eine ganze Weile beobachtet. Sie schüttelte entrüstet ihren ergrauten Kopf, als wollte sie sagen: *Und das vor all den Kindern!*

Isa spürte, wie sie errötete. Rasch rückte sie ihr Kleid zurecht und beobachtete die Kinder, einige juchzend, andere schreiend oder heulend auf dem Affenkletterbaum, der Drachenrutsche, der Dinohüpfburg, dem Elfenkarussell oder im Piratenbällebad.

Der ganz normale Wahnsinn an einem Sonntagnachmittag im *Kinder-Spiele-Tobe-Land* in Berlin.

Was Isa wieder halbwegs beruhigte: Niemand sonst in dem Indoorspielplatz schien Anstoß an dem Kuss genommen zu haben. »Also los, kleiner Mann«, sie wollte aufstehen, »gehen wir …«

»Nein«, ließ Lukas sie innehalten, »nicht Isa, nur Sam.«

»Wie bitte?«

»Sam kommt mithüpfen. Und Isa«, Lukas blickte sie mit der ganzen Ernsthaftigkeit seiner drei Jahre an, »Isa darf zugucken.«

»Gute Idee«, feixend sprang Sam auf, »wir haben Spaß und Isa guckt nur von draußen zu. Na los, Lukas, geh'n wir.«

Freudig flitzte der Kleine voraus zur Hüpfburg.

Bevor Sam ihm dorthin folgte, beugte er sich noch einmal für einen Kuss zu Isa herab. »Nicht dass du denkst«, seine Finger streiften ihre Brüste, »ich würde nicht lieber ...«

»Nicht!« Sie schob seine Hand beiseite. »Die beobachtet uns schon wieder.«

»*Sam!*«, erschallte Lukas' Stimme. »*Komm hüpfen.*«

»Außerdem«, fügte Isa hinzu, »wirst *du* ja jetzt anderweitig verlangt.«

»Hey, was kann ich denn dafür, dass er lieber mit mir ... *Autsch!*«

Isa knuffte ihm neckisch in die Seite.

Lachend lief er davon, schlug einen Bogen um einen Clown, der von Kindern umringt war, und zog hinter dessen Rücken Grimassen.

Isa verdrehte amüsiert die Augen.

Dann schwang sich Sam zu den Kindern hoch auf die Hüpfburg und nahm Lukas an die Hände. »Na los, jetzt hüpfen wir himmelhoch!«

»*Ja*«, juchzte Lukas, »*hüpfen, hüpfen, hüpfen!*«

»Hüpfen, hüpfen, hüpfen!«, lachte Sam.

»*Hüpfen, hüpfen, hüpfen*«, stimmten die anderen Kinder ringsum ein.

Ihr Gejohle war fast lauter als der Gong, der kurz darauf ertönte.

Überrascht schaute Isa auf ihr Handy. Tatsächlich, es war Dreiviertelsechs.

Sie überflog die eingegangenen WhatsApp-Nachrichten, checkte ihren Instagram-Status, dann schlenderte sie hinüber zur Hüpfburg.

»Isa«, rief Lukas, »komm auch hüpfen!«

»Ach, jetzt plötzlich doch?«

»Ja, komm hüpfen!«

»Würde ich gerne, kleiner Mann, aber jetzt müssen wir nach Hause.«

»*Nein, Lukas will weiterhüpfen!*«

»Das Spieleland macht gleich zu.«

»Komm«, sagte Sam, »ein paar Minuten haben wir noch, es drängeln eh gerade alle Leute raus.«

Womit er nicht Unrecht hatte. Weil ein Großteil der Eltern, Opas und Omas ihre Kinder und Enkel zum Ausgang scheuchten, sie dort in Schuhe, Hosen und Jacken zwängten und sie in ihre Buggys verfrachteten, war dort kaum mehr ein Vorankommen.

»Na, los«, Sam ergriff Isas Hand, »worauf wartest du?«

Noch ehe sie sich's versah, stand sie schwankend auf der Hüpfburg.

Der Gong erklang ein zweites Mal.

Isa ignorierte ihn, hüpfte stattdessen mit Lukas und Sam um die Wette.

Einmal mehr wurde ihr bewusst, dass es genau *das* war, was sie an Sam mochte. Okay, abgesehen vielleicht von seinem spitzbübischen Grinsen und seiner Zunge, mit der er sie küsste wie kein anderer Junge zuvor. Aber Sam scherte sich weder um die Blicke, noch die Regeln oder den Stress anderer Leute, trotzdem – oder gerade deshalb – hatte er ständig gute Laune.

Außerdem verstand er sich prächtig mit Lukas, dem Sohn ihrer Nachbarn, den sie zweimal die Woche babysittete und –

Ein drittes Mal erschallte der Gong.

Erst jetzt wurde ihr bewusst, dass sich das Spieleland so gut wie geleert hatte.

Eine der Angestellten stapfte angesäuert auf sie zu.

»Aber jetzt, kleiner Mann«, beeilte sich Isa zu sagen, »müssen wir ...«

»Nein«, erwiderte Lukas, »Lukas will nicht!«

»... wirklich nach Hause.«

Der Kleine zog einen Schmollmund.

»Lukas, bitte ...«

Ein Tränchen kullerte seine Wange hinab.

»Hey, Lukas«, Sam ging vor dem Kleinen in die Knie, »wie wär's, wenn wir schon bald wieder herkommen?«

Lukas schniefte. »Morgen?«

»Nein, morgen nicht, aber ...« Sam schaute fragend zu Isa.

»Mittwoch.« Dankbar nickte sie ihm zu. »Mittwoch pass ich wieder auf dich auf.«

»Ist Mittwoch morgen?«, fragte Lukas.

»Nein«, Sam lachte, »aber schon sehr bald. Okay?«

»Und dann hüpfen wir wieder?«

»Wir alle zusammen. Versprochen!«

»Na gut.« Zufrieden rutschte Lukas von der Hüpfburg. Wie selbstverständlich ergriff er Sams Hand.

Amüsiert folgte Isa den beiden zum Ausgang, wo alle drei in ihre Schuhe schlüpften.

Während Isa Lukas' Schleife zuband, zwinkerte ihr Sam zu. »Dafür hab ich aber was gut bei dir.«

Sie wollte ihm einen Kuss auf die Wange drücken.

»Komm, Sam.« Lukas flitzte ins Freie. »Fang mich!«

»*Lukas*«, rief Isa ihm nach, »*warte bitte auf uns!*«

Draußen war inzwischen der Abend angebrochen. Der fahle Schein der Straßenlaternen vertrieb nur dürftig die Dunkelheit, die über dem kleinen, leeren Parkplatz lag.

Für Mitte Oktober war es noch überraschend warm.

Ein Abend wie geschaffen für ...

»Was meinst du?«, fragte Sam, als wisse er um ihre Gedanken. Er fischte eine Zigarettenpackung aus seiner Hosentasche. »Wollen wir nachher noch in den Park?«

»Geht leider nicht, ich ... *Lukas, Vorsicht an der Straße!*«

Lukas rannte über den Bürgersteig davon. »Hör mal, Sam, Musik!«

Ein Stück den Tempelhofer Berg hinauf erklang Rap.

Lächelnd sah Sam dem Kleinen nach. »Wird er eigentlich niemals müde?«

»Sobald wir zu Hause sind, wird er umfallen und einschlafen.«

»Umso besser.« Sam steckte sich eine Zigarette an, nahm einen Zug und pustete den Rauch in die Nachtluft.

Sie näherten sich einer Gruppe Jugendlicher auf einer Parkbank. Aus ihrer Boombox dröhnte Rap-Musik, in die sich das Klirren von Bierflaschen mischte.

Eng umschlungen schlenderte ein verliebtes Pärchen vorbei.

Wie von selbst fanden Isas Finger in Sams Hand.

»Also?«, fragte er.

»Was?«

»Kommst du mit in den Park? Und hinterher zu mir?«

»Ach so, nein, das geht nicht.«

»Warum?«

»Ich hab Lukas heute über Nacht.«

»Echt?«

»Hab ich dir doch gesagt, ich ... *Achtung, Lukas, der Fahrradfahrer!*«

»Ach so, ja, stimmt.« Achselzuckend zog Sam an seiner Zigarette. »Auch gut, dann komm ich halt mit zu dir.«

»Auf keinen Fall!«

»Wie?«

Mit einem Seufzen griff Isa nach der Zigarette und nahm ebenfalls einen tiefen Zug. Für einen Moment lauschte sie der Musik.

»Ach, Scheiße«, zischend stieß sie den Qualm wieder aus, »du weißt doch, meine Mutter ...«

»Also *ich* hab nichts gegen sie.«

»Sehr witzig!«

»Hey, allmählich müsste sie ...« Sam hielt inne.

Isas Handy klingelte. »Wenn man vom Teufel spricht.«

»Deine Mutter?«

Sie reichte Sam die Zigarette zurück, dann gab sie ihm einen schnellen Kuss. »Wir hören uns morgen früh, okay? Jetzt muss ich ... *Lukas, warte, da ist eine Ausfahrt!*«

Doch Lukas lief weiter, der Musik und den Jugendlichen entgegen.

Isa fluchte in sich hinein und hastete ihm nach. *»Lukas, stopp!«*

Noch immer läutete ihr Telefon. Sie nahm den Anruf entgegen. »Ja?«

»Wo bist du?«, fauchte ihre Mutter.

»Ich bin ...«

»Wieder bei diesem Sam?«

»Nein ... «

»Der und seine Drogengeschichten ...«

»Ich ...«

»... ich will nicht noch einmal die Polizei im Haus haben, hast du verstanden?«

»Ich passe auf Lukas auf.«

»Lüg mich nicht an!«

Isa seufzte.

»Wusste ich's doch!«

Isa verkniff sich eine Antwort, warf stattdessen einen sehnsüchtigen Blick zurück.

Kommst du mit in den Park? Und hinterher zu mir?

Sam hatte bereits die Straße überquert und näherte sich der Mündung zur Fidicinstraße. Als wisse er um ihren Blick, schaute er ebenfalls noch einmal über die Schulter. Er winkte ihr, lachte, dann war er verschwunden.

Isas Mutter fragte: »Wolltest du dich heute nicht um deine Bewerbungen kümmern?«

»Ja, doch.«

»Du brauchst gar nicht so genervt zu tun.«

»Wenn du nicht ständig ...«

»Isabell«, diesmal war es ihre Mutter, die einen Seufzer hören ließ, »du bist fast siebzehn, hast bald die Schule beendet und ...«

»Oh, Scheiße!« Abrupt blieb Isa stehen.

»Und, wie oft soll ich dir das noch sagen, rede nicht immer so!«

»Scheiße!«

»Isa, also bitte!«

Irritiert sah sich Isa um.

Lukas war weg.

ZWEI

Kriminalhauptkommissar Maximilian Sydow sank in den Beifahrersitz des Audi. Missmutig dachte er an seinen bevorstehenden Feierabend.

Und einen Drink.

»Ich begreife das nicht.«

Er war sich nicht sicher, welcher Gedanke ihm mehr Unbehagen bereiten sollte: der an einen weiteren Abend alleine zu Hause? Oder an den Drink?

Nur einen *Drink!*

»Jahrelang lebt er mit seiner Frau zusammen, angeblich glücklich.«

Vielleicht war das Schlimmste, dass er an einem Punkt angelangt war, an dem er versuchen musste sich selbst zu mäßigen.

Nach nicht einmal drei Monaten und elf Tagen.

»Und von einem Tag auf den anderen erschießt er sie, sich selbst und ... Äh, Max, hörst du mir überhaupt zu?«

»Nein«, antwortete Sydow seiner Kollegin.

»Wie? Nein?« Catja Preußer, Kriminalkommissarin, bremste vor der Ampel an der Kreuzung zur Karl-Marx-Allee. Konsterniert starrte sie Sydow an.

Komm gib auf, sang Johannes Oerding im Autoradio, *komm gib auf, sagt mir mein Verstand.*

»Nein«, sagte Sydow, »er hat sich nicht erschossen.«

»Schon klar, aber ...« Catja fischte eine Packung *Airwaves strong* aus der Hosentasche, »nimmst du ihm das etwa ab?« Sie schob sich einen der

Kaugummis in den Mund. »Dass er sich selbst verfehlt hat?«

»Zumindest hat er die Tat gestanden.«

»Überflüssigerweise, nachdem ihn die Kollegen quasi mit noch rauchender Pistole in der Hand vorgefunden haben.«

»Was willst du mehr?«, fragte Sydow.

Catja starrte ihn an, als sorge sie sich um seinen Verstand. »Wie wäre es mit einer Erklärung, *warum* er seine Frau erschossen hat?«

Er zuckte mit den Schultern.

»Ich meine, eine solche Tat geschieht doch ...«

»... manchmal einfach so.«

»Einfach so? Ernsthaft, Max?«

»Grün.«

»Äh, was?«

»Die Ampel.« Sydow deutete nach vorne.

Catja setzte zu einer Erwiderung an, aber der Fahrer in dem Wagen hinter ihnen ließ ungeduldig seine Hupe ertönen.

Verärgert kaute sie auf ihrem Kaugummi und gab Gas.

Und ich suche den Raum ab, doch find' keine Tür, 'n Weg nach draußen, nur schnell weg von hier.

Für eine Weile folgten sie schweigend der Karl-Marx-Allee stadtauswärts.

»Ich finde, wir sollten noch einmal mit ihm reden«, sagte Catja.

Der Abend brach an, Schatten krochen über die Bürgersteige. Dennoch herrschte nach wie vor reger Betrieb vor den Sisha-Bars und Falafel-Buden.

»Nach einer Nacht in der Zelle ist er vielleicht gesprächiger.«

Sogar vor den Spätis versammelten sich Leute und genossen einen der letzten, lauen Herbstabende.

Sydow beneidete sie um ihre Zwanglosigkeit.

»Was hältst du davon?«

Nichts, lag es ihm auf der Zunge, aber er schluckte es hinunter.

Er war froh, als sein Handy klingelte.

Allerdings verflog seine Erleichterung mit einem Blick auf das Display.

»Verdammt!« Abrupt trat Catja auf die Bremse.

Sydow wurde in den Gurt gepresst. Um ein Haar entglitt ihm das Telefon.

Unmittelbar vor ihnen schoss ein aufgemotzter BMW aus einer Seitenstraße. Mit dröhnendem Motor und viel zu hohem Tempo raste er davon.

»Idiot!«, fluchte Catja und fuhr wieder an.

Laternenlicht streifte ihre Miene und ließ kurz erkennen, wie aufgebracht sie war.

Mit einem scharfen Ruck bog sie nach rechts in die Jonasstraße.

Sydow fragte sich, ob ihr Fluch womöglich nicht nur dem halbstarken Raser gegolten hatte, sondern auch ihm. Verwundert hätte es ihn nicht.

»Willst du nicht rangehen?«, fragte sie.

Sydow wurde bewusst, dass er sie anstarrte. Rasch senkte er seinen Blick auf das noch immer läutende Handy in seiner Hand.

Tatsächlich verspürte er nur wenig Lust, den Anruf entgegenzunehmen.

Die Alternative allerdings war, sich mit Catja auseinanderzusetzen, die gerade hinter einem Bus bremsen musste.

Ihr Blick, mit dem sie Sydow im grellroten Schein der Bremslichter bedachte, ließ keinen Zweifel daran, dass sie noch immer auf eine Antwort von ihm wartete.

Mein Kopf läuft heiß und Rauch steigt auf, Blut kocht, Herz pocht.

Er schaltete das Radio aus und nahm das Telefonat entgegen. »Hallo, Gustav.«

»Max«, sagte sein Schwiegervater, »hast du was von Nina gehört?«

DREI

Isas Blick irrte über den Bürgersteig. »Lukas?«

Noch immer hingen auf der Parkbank die Jugendlichen zur dröhnenden Rap-Musik ab. An der Kreuzung zur Fidicinstraße stand knutschend das Pärchen.

»Was ist denn los?«, klang Isas Mutter aus dem Handy.

Lukas war verschwunden.

»Lukas!«, rief Isa, gleich darauf erneut, diesmal lauter, um die Musik zu übertönen. »*Lukas!*«

»Was ist?«, fragte ihre Mutter.

»Nichts.«

»Hast du wieder ...«

»Nein!« Isa legte auf, trat an den Straßenrand und spähte den Tempelhofer Berg rauf und runter. »*Lukas!*«

Aus einem der Häuser gegenüber trat ein Mann mit einem Pudel. Zwei schnatternde Mütter hatten Kinder im Schlepptau.

Im Schritttempo rollte ein Wagen von *Pizza Max* vorbei.

Von Lukas war nichts zu sehen.

»*Verdammt, Lukas!*«, fluchte Isa. »*Wo bist du?*«

Er antwortete nicht.

»*Spielst du Verstecken?*«

Nichts.

»*Das ist nicht lustig, hast du gehört?*«

Aber Lukas blieb weg.

Unmöglich!

Mit einem Fluch eilte sie auf die Jugendlichen zu. »Habt ihr ...«

»Was?«

»*Habt ihr gerade einen kleinen Jungen gesehen?*«, schrie sie gegen die Musik an.

Einer der Typen wies mit seiner Bierflasche über die Straße zu den beiden Müttern mit ihren Kindern.

»*Nein*«, unwirsch schüttelte Isa den Kopf, »*er war alleine, gerade eben, hier, ihr müsst ihn doch* ...« Sie hielt inne. Ihr kam ein anderer, hoffnungsvoller Gedanke.

Sie schnappte sich ihr Handy und wählte Sams Nummer. Natürlich, Sam, wieso hatte sie nicht gleich an ihn gedacht?

Was kann ich denn dafür, dass er lieber mit mir ...

»Hey, Süße«, meldete er sich.

Schnell lief sie zurück in seine Richtung.

»Verdammt ...«

»Hast mich schon vermisst, was?«

»... wo steckt ihr?«

»Hä? Wer?«

»Na, du und Lukas!«

»Wieso Lukas?«

»Er ist zu dir zurückgerannt, oder?«

»Nee!«

»Komm, gib's einfach zu!«

»Nee, wirklich nicht«, sagte Sam. »Wieso sollte er?«

Hör auf mich zu verarschen, wollte Isa ihn anfahren, sein besorgter Tonfall hielt sie jedoch davon ab. Wieder formte sich in ihrem Magen ein Knoten.

»Wo ist er denn?«, fragte Sam.

Zunehmend hektischer blickte Isa links und rechts zwischen die Schatten parkender Autos, in die dunklen Hauseingänge, hinter Mülltonnen, Sträucher und Bäume. »Er ist weg!«

»Wie? Weg? Er kann doch nicht einfach ...«

»Ja danke, das weiß ich auch.« Sie erreichte die Zufahrt zum *Kinder-Spiele-Tobe-Land.*

Die Schranke zum Parkplatz stand noch offen.

»Wo bist du?«, fragte Sam. »Am besten, ich komme und helfe dir nach ihm zu suchen.«

»Ich bin ...« Isas Blick irrte über den Parkplatz, der im Dunkeln verlassen lag.

Einzig der Eingang zum Indoorspielplatz war noch erhellt.

»Isa?«

»Ist nicht mehr nötig.« Sie atmete durch. »Ich hab ihn gefunden.«

»Wo?«

»Wo wohl? Beim Spieleland.«

»Echt jetzt?«

»Er steht vor dem Eingang.«

»Hüpfen, hüpfen, hüpfen«, lachte Sam.

»Ja, du mich auch.« Doch Isa konnte nicht anders, sie stimmte in sein Lachen ein. Dann eilte sie zu ihm. *Lukas, warte!*

Lukas allerdings trat bereits zur Tür hinein, die vor ihm aufgeschwungen war.

»Und?«, fragte Sam.

»Er ist reingegangen.«

»Nicht wirklich!«

»Doch, dieser kleine Wirbelwind!« Amüsiert hauchte Isa einen Kuss durchs Telefon. »Hab dich lieb.« Sie trennte die Verbindung, betrat das Gebäude, lief auf die Kasse zu und –

Sie gefror in der Bewegung.

Lukas!, hatte sie rufen wollen, doch ihre Kehle war plötzlich wie zugeschnürt.

Was zur Hölle …?!

Auf dem Boden hinter dem Kassentresen lag eine Frau.

Sie sah aus, als würde sie dort schlafen, wäre da nicht der Blutfleck, der ihre weiße Bluse tränkte – und der Mann, der über ihr hockte.

Lukas tapste auf ihn zu. »Was machst du da?«

Erschrocken fuhr der Mann herum, riss ein Messer empor und schlitzte damit in der gleichen Bewegung Lukas' Kehle auf.

Ein überraschter Laut entwich dessen Mund. Blut spritzte aus seinem Hals.

Nein!

Der Schock erstickte Isas Schrei.

Das ist nicht wahr!

Gurgelnd schnappte Lukas nach Luft und sackte zu Boden. Er zuckte einmal, zweimal, ein drittes Mal, bevor sein Kopf zur Seite kippte.

Regungslos blieb er liegen, sein Blick erstarrt.

Nein!

Wie betäubt schaute Isa ihn an.

Nein, das kann *nicht wahr sein!*

Auch der Mann starrte bestürzt auf Lukas herab, als könne er nicht glauben, was er getan hatte.

Die Blutlache, die sich unter dem kleinen Kinderkörper bildete, vergrößerte sich rasch.

Nein!

Isas Verstand weigerte sich zu begreifen.

Nein, nein, das ist nicht passiert, das ist nur –

Isa vernahm ein Geräusch hinter sich.

Noch ehe sie begriff, was sie tat, rannte sie los, geradewegs ins Spieleland hinein.

Zu spät erkannte sie ihren Fehler.

VIER

Sorgsam legte sich Sydow eine Antwort zurecht.

Hast du was von Nina gehört?

»Gustav«, begann er, »ich ...«

»Also nein!«

Während sich ein gedrücktes Schweigen zwischen ihnen ausdehnte, bereute Sydow bereits, den Anruf seines Schwiegervaters entgegengenommen zu haben.

Was hast du erwartet? Belanglosen Small-Talk?

Catja setzte den Blinker und bog in die Ilsenstraße.

Über Pflastersteine rumpelte der Audi vorbei an grauen Nachkriegsbauten, deren Eintönigkeit selbst das fortschreitende Abenddunkel kaum zu übertünchen vermochte.

»Max, seit vier Monaten ...«

»Drei!«, hörte sich Sydow sagen und verfluchte sich noch in derselben Sekunde dafür.

Scharf schnappte sein Schwiegervater nach Luft. »Willst du jetzt tatsächlich mit mir *darüber* feilschen?«

»Kann ich dich später zurückrufen?«

»Weshalb ...«

»Ich bin im Dienst.«

»Ich verstehe wirklich nicht, wie du ...«

»Darüber haben wir doch schon gesprochen«, sagte Sydow.

Abermals atmete sein Schwiegervater geräuschvoll durch. »Herrgott, Max ...«

»Ich muss auflegen.«

»Wenn du nach Nina mit genauso viel ...«

Sydow trennte die Verbindung, weshalb er die restlichen Worte nicht mehr mitbekam. Brauchte er auch nicht. Er hatte sich die Vorwürfe seines Schwiegervaters die letzten drei Monate schon oft genug anhören müssen.

Um genau zu sein: seit drei Monaten und elf Tagen.

Sofort dachte er wieder an einen Drink.

Die Mietskasernen wichen sanierten Altbauten, als Catja die Nogatstraße kreuzte.

Vor dem *Ilse-Eck* blieb sie stehen.

Draußen an den Tischen saßen bei Bier, Korn und überquellenden Aschenbechern die üblichen, bedauernswerten Gestalten.

Ihr Anblick, noch mehr aber der der dunklen Zimmer in der zweiten Etage, verstärkten Sydows Unbehagen.

Definitiv nur ein Drink!

Catja setzte zu einer Frage an.

»Danke fürs Heimfahren«, kam Sydow ihr zuvor, »bis morgen.« Er stieg aus.

Obwohl der Spielplatz gegenüber längst im Dunkeln lag, erschallte von dort ausgelassenes Kindergeschrei über die Straße.

»Klar«, sagte Catja. Grimmig kaute sie auf ihrem Kaugummi herum. »Bis morgen.«

Sie wartete, bis er die Tür zugeschlagen hatte. Dann fuhr sie an, einen Tick zu scharf.

FÜNF

Isa floh durch das Spieleland.

Anders als noch vor einer Stunde war es jetzt menschenleer. In der Stille hallten ihre Schritte wie verräterische Peitschenschläge.

Du musst hier raus, verschwinde!

Doch nirgendwo war eine Tür zu sehen, ein Ausgang, irgendetwas, das ins Freie führte. Sogar die Fenster befanden sich allesamt nur in Kopfhöhe, auf die Schnelle kaum erreichbar.

Voller Panik drehte sie sich im Kreis. *Scheiße!*

Sie war umringt von bunten Kinderattraktionen, dem Affenkletterberg, der Drachenrutsche, dem Piratenbällebad und – der Dinohüpfburg.

Hüpfen, hüpfen, hüpfen!

Prompt hatte sie wieder Lukas' Glucksen im Ohr, als die Messerklinge – *Nein!*

Sie schnappte nach Luft. Tränen trübten ihren Blick. Um ein Haar übersah sie die Tür, die sich halb verborgen hinter dem Elfenkarussell befand.

Privaträume, stand auf einem Schild.

Über dem Türrahmen glomm ein grünes Licht: *Notausgang.*

Isa wollte darauf zu rennen, als sie Schritte vernahm.

Einem Reflex folgend warf sie sich hinter die Hüpfburg, machte sich ganz klein, bewegte sich nicht. Sie hielt den Atem an.

Sekunden vergingen, in denen nur Stille herrschte. *Totenstille.*

Einzig ihr Herz pochte laut. Viel zu laut.

Sie zuckte zusammen, als sie erneut Schritte zu hören glaubte, für einen Moment ganz nah, entsetzlich nah.

Oder spielte ihr panischer Verstand ihr nur einen Streich?

Die Schritte entfernten sich, wurden rasch leiser. Dennoch rührte sich Isa nicht vom Fleck, wagte nicht einmal zu atmen.

Erst als die Geräusche endgültig verklungen waren, und sie glaubte, jede Sekunde ersticken zu müssen, sog sie leise Luft in ihre Lungen.

Dann nahm sie all ihren Mut zusammen und lugte vorsichtig hinter der Hüpfburg hervor.

Gerade noch bekam sie mit, wie der Mann durch den Eingangsbereich ins Freie eilte, sich draußen hektisch auf dem Parkplatz umblickte, so als suche er nach jemandem.

Nach wem wohl?

Kurz darauf schien er aufzugeben. Er lief zur Straße davon. Dann war er verschwunden.

Gott sei Dank!

Doch Isa hielt sich nach wie vor versteckt, kaum fähig zu einer Bewegung, geschweige denn zu einem klaren Gedanken.

Ihre Hände zitterten wie wild. Sie hatte keinen blassen Schimmer, was sie tun sollte.

Was wohl?

Alles drängte sie zurück zu Lukas. Oder zu der Frau.

Und dann? Was dann?

Hätten beide nicht längst einen Ton von sich gegeben, wären sie nicht −?

Nein!

Isa stemmte sich gegen den Gedanken und gegen die Tränen, die ihr wieder in die Augen schossen. Stattdessen spähte sie noch einmal zum Ausgang. Niemand war zu sehen.

Doch was, wenn der Mann nicht wirklich verschwunden war, draußen versteckt nur darauf wartete, dass sie sich endlich zum Eingang hervorwagte?

Verschwinde! Hau endlich ab! Sofort!

Sie kratzte all ihren Mut zusammen, stemmte sich empor.

Na los, worauf wartest du?

Erneut schnappte sie nach Luft, gab sich einen Ruck und spurtete zum Notausgang.

Sie stieß ihn auf, rannte einen dunklen Flur entlang, vorbei an einem Büro, bis sie eine weitere Tür erreichte.

Ausgang.

Sie streckte die Hand nach der Klinke aus, drückte gegen die Tür. Diese war zu.

Scheiße, scheiße!

Erst beim zweiten Versuch wurde ihr klar, dass sie, um die Tür zu öffnen, nicht drücken, sondern ziehen musste.

Erleichtert japsend stolperte sie hinaus in einen Hinterhof.

Wie finstere Gestalten ragten Sträucher ringsum ins Abenddunkel empor. Ein halbes Dutzend Mülltonnen war nur schemenhaft zu erkennen.

Ein schmaler Weg führte an der Längsseite des Spielelands zurück zum Parkplatz.

Ohne zu zögern schlug Isa sich durch Gestrüpp.

SECHS

Sydow schlug die Tür zu und lief zum Hauseingang, einem schmalen Durchgang direkt neben der breiten, offenen Tür zum *Ilse-Eck*, der wie jeden Abend der Gestank von Schweiß, Bier und Pommesfett entwich.

Er stieg die Stufen hoch zur Wohnung.

Im zweiten Stock schloss er die Tür auf und betrat den dunklen, stillen Flur.

»Melissa?«, rief er wider besseres Wissen.

Seine Tochter antwortete nicht.

Er eilte ihrem Zimmer entgegen und klopfte. »Melissa, bist du da?«

Keine Reaktion.

Er öffnete langsam die Tür. »Melissa?«

Nichts, nur ihr übliches Chaos, das im fahlen Straßenlicht, das durchs Fenster einfiel, zu erkennen war – Jacken, Shirts, Hosen, Strümpfe und Schuhe. Durch das gekippte Fenster drang außerdem Kinderlachen zu ihm herein.

Mit einem Mal war sich Sydow sicher, dass es bei einem Drink heute nicht bleiben würde.

Hast du was von Nina gehört?

Er schloss die Zimmertür, einen Tick zu heftig.

In der einsetzenden Stille erklang das plötzliche Klingeln seines Handys umso schriller.

Widerstrebend schaute er aufs Display. Zu seiner Überraschung war der Anrufer diesmal nicht sein Schwiegervater. *Nicki Jäger,* wurde ihm als Anrufer angezeigt. Ein alter Schulkumpel, den er beinahe schon vergessen geglaubt hatte, so lange hatten sie nichts mehr voneinander gehört.

Sydow ließ das Smartphone klingeln, ging ins Wohnzimmer, wo er eine CD startete und die Lautstärke aufdrehte.

Through some pain today, übertönte Social Distortion das Läuten, *well I walked…*

Aus der Schrankbar goss er sich einen Whisky ein und sank auf die Couch.

Das Licht einer Straßenlaterne traf wie ein Scheinwerfer das gerahmte Familienfoto an der Wand gegenüber.

Nicht zum ersten Mal fragte sich Sydow, wieso das Bild dort überhaupt noch hing. Es zeigte Nina, blond, schlank, gebräunt im Bikini, entspannt und vergnügt; neben ihr saß Melissa, fast siebzehn, mit dem gleichen, schelmischen Funkeln in ihren grünen Augen, die sie wie so vieles andere von ihrer Mutter geerbt hatte; hinter den beiden stand Sydow selbst; sie alle im Marokko-Urlaub vor vier Monaten.

Mit einem Schluck stürzte er den Whisky hinunter. Er kehrte zur Schrankbar zurück und schenkte sich ein weiteres Glas ein. Diesmal nahm er die Flasche mit zum Tisch, ließ sich allerdings etwas mehr Zeit mit dem Drink.

Unterdessen verklang der erste Song. Nach einer kurzen Pause folgte der nächste.

Turn around, they'll try to keep you down.

Der Alkohol breitete sich in Sydow aus, nahm ihm das Unbehagen, ließ ihn auf ein Vergessen hoffen, zwar nur für kurze Zeit, aber trotzdem – er war dankbar dafür.

Erst als eine neuerliche Songpause einsetzte, bemerkte er das anhaltende Türklingeln.

Für einen Moment saß er regungslos, unsicher, wann er das letzte Mal überhaupt Besuch erhalten hatte – und ob er heute dafür bereit war.

Das Glas in seiner Hand war fast leer.

Es läutete erneut, zugleich wurde kräftig gegen die Wohnungstür gehämmert.

Dann begann ein neuer Song. *Some say life is a struggle now, it's a game now.*

Er leerte das Glas und stellte es neben die Flasche auf den Tisch. Widerwillig stemmte er sich empor, lief in den Flur und öffnete die Tür.

»Verdammt«, fluchte Catja, »ich klingle jetzt schon seit einer halben Ewigkeit bei dir.«

Er zögerte.

»Und ans Telefon gehst du auch nicht.«

It's a game now, just gotta know the rules.

Die Musik dröhnte in seinen Ohren, der Alkohol glomm in seinem Kopf. »Was ist?«

»Sie haben eine Leiche im Viktoriapark gefunden.«

SIEBEN

Isa zwängte sich weiter durch die Sträucher.

Äste peitschten ihr ins Gesicht, Zweige verhakten sich in ihrem Leinenkleid, doch das nahm sie nur am Rande wahr.

Lauf weiter!

Fast stürzte sie über einen hüfthohen Zaun, der unvermittelt vor ihr auftauchte. Als sie hinüberkletterte, bohrte sich eine Eisenspitze in ihre Hände. Auch das spürte sie kaum.

Los, bleib nicht stehen!

Sie durchbrach eine weitere Hecke und fand sich in einem dunklen Innenhof wieder. Ringsum ragten Häuser empor, sie sah Balkone, beleuchtete Wohnungen, schräg gegenüber befand sich eine Durchfahrt zur Straße. Schnell überquerte sie den Hof, blieb am Bürgersteig stehen.

Ihr Herz klopfte, ihr Atem ging stoßweise.

Vorsichtig spähte sie zur Straße hinaus. Sie brauchte einen Augenblick, bis sie sich orientiert hatte. Vor ihr lag die Nostitzstraße, demnach befand sich das *Kinder-Spiele-Tobe-Land* rechts, zwei Ecken weiter.

Also rannte sie nach links.

Kaum hatte sie die Kreuzung zur Bergmannstraße erreicht, hörte sie plötzlich Schritte hinter sich, die rasch näherkamen.

Noch im Laufen warf sie einen erschrockenen Blick zurück.

Gott sei Dank!

Es waren nur Kinder, die mit einem Hund über den Bürgersteig rannten.

Erleichtert sah sie wieder nach vorne. Die Hand, die nach ihr ausholte, bemerkte sie zu spät.

Finger krallten sich in ihr Kleid.

Isa stolperte, rang um Gleichgewicht. Vergeblich. Sie stürzte zu Boden, knallte aufs Knie. Der Schmerz trieb ihr Tränen in die Augen.

Verschwommen sah sie die Gestalt, die sich ihr näherte. Mit einem Schrei duckte sie sich weg.

»Aber ... aber ...«, stotterte ein Mann, »was ist denn los, Kindchen?«

»Du hast sie erschreckt!«, schimpfte eine Frau.

»Aber ich ... ich tu doch gar nichts.«

»Trotzdem hast du sie erschreckt.«

Isa blinzelte ihre Tränen weg.

Erst jetzt bemerkte sie das alte, tattrige Pärchen, das vor ihr aufragte und sie besorgt ansah. Und den Baum, dessen Ast quer über den Bürgersteig hing.

Keine Hand, nur ein Ast!

Erleichtert richtete sie sich wieder auf.

»Hast du dir wehgetan?«, fragte der alte Mann.

»Natürlich hat sie sich wehgetan«, maulte die Frau, »das siehst du doch!«

»Ich will doch nur ...«

»Manchmal kannst du ein solcher Trampel sein.«

»Und du kannst nur meckern.« Grummelnd wandte sich der Mann wieder an Isa. »Alles in Ordnung, Kindchen?«

Sie nickte, dann schüttelte sie den Kopf.

Gar nichts ist in Ordnung!

Ihr Herz schlug noch immer wie wild, ihr Knie brannte, aus einer Schürfwunde sickerte Blut. Außerdem war ihr Kleid zerrissen. Aber das waren bei weitem ihre geringsten Sorgen.

Ein Stück die Straße hinauf sah sie einen Mann, der mit verbissener Miene auf sie zugelaufen kam.

Los, hau ab! Hastig stand sie auf. Abermals schoss ein Schmerz durch ihr Knie.

»Das sieht nicht gut aus«, sagte der alte Mann.

Sie stöhnte, als das Bein unter ihr wegzuknicken drohte.

»Vielleicht solltest du lieber zum ... Aber Kindchen, so warte doch!«

Isa biss die Zähne zusammen und rannte wieder los.

ACHT

Sydow stapfte zurück durch den Flur. »Wer ...«, der Alkohol ließ ihn stocken, »... wer hat dich ins Haus gelassen?«

»Ein Nachbar, der zufällig ... Ach, ist doch auch egal.« Catja schnaubte, während sie ihm folgte. »Wieso hast du nicht aufgemacht?«

»Ich höre Musik.«

»*Das*«, Catja hob ihre Stimme gegen das Dröhnen, das ihnen aus dem Wohnzimmer entgegenschallte, »*ist nicht zu überhören.*«

It's a game now, just gotta know the – Sydow stoppte die CD.

Schlagartig war es still.

Nur das Schmatzen war zu hören, mit dem Catja noch immer auf ihrem Kaugummi kaute. Sie verharrte im Türrahmen. »Sitzt du dabei immer im Dunkeln?«

Wortlos ging er zum Tisch.

»Bist du alleine?«

Wer sollte denn noch hier sein? Er schnappte sich sein Handy.

»Ist deine Tochter nicht da?«

Das Display zeigte fünf verpasste Anrufe; bis auf einen – der von seinem alten Kumpel Nicki – allesamt von Catja.

Ihr Blick kreiste durch das Zwielicht im Zimmer.

Noch ehe sie die Whisky-Flasche und das leere Glas auf dem Tisch entdeckte, baute sich Sydow vor ihr auf. »Fahren wir.«

Sie sah aus, als wolle sie ihm eine weitere Frage stellen.

Rasch schritt er an ihr vorbei ins Treppenhaus.

»Wie hältst du das bloß aus?«, fragte sie auf halbem Weg nach unten.

Verständnislos blickte Sydow sie an.

»Ständig dieser Kneipenmief im Haus.«

Achselzuckend trat er hinaus auf die Straße.

Noch immer tobten die Kinder auf dem Spielplatz gegenüber.

Unterdessen waren auch die Gestalten vor dem *Ilse-Eck* betrunkener und lauter geworden.

Sydow setzte sich in den Audi.

Er spürte Catjas prüfenden Blick. Erneut wirkte sie, als wolle sie ihn etwas fragen.

»Eine Leiche im Viktoriapark also«, kam er ihr zuvor.

»Äh, ja.«

»Was genau ist passiert?«

»Das weiß ich nicht.«

»Ich dachte ...«

»Nein«, unterbrach sie ihn einen Tick zu schroff, »das war alles, was man mir gesagt hat.« Sie startete den Motor und das Radio sprang an. »Und dass man dich nicht erreichen kann.« Sie fuhr los.

Alles genau wie immer, sang Fettes Brot im Autoradio, *und es ist jedem hier klar, das wird niemals aufhör'n.*

Die Musik verklang, die Nachrichten folgten.

Irgendein Popstar war heute verstorben, dessen Name Sydow aber nichts sagte.

Der Senat hatte ein Förderprogramm zur Kita-Platz-Gewinnung beschlossen, die Hertha ihre erste Heimspiel-Niederlage kassiert, außerdem hatte die Berliner Polizei einen vermissten Streifenwagen wiedergefunden – der niemals verschwunden gewesen war, sondern sich nur in der Werkstatt befunden hatte.

Catjas amüsierte Miene spiegelte Sydows Gedanken wider.

Manche Kollegen ...

Sie grinsten einander an, was zumindest für den Moment die Stimmung zwischen ihnen löste.

Kurz darauf tauchte der Viktoriapark vor ihnen auf, zu dieser Stunde durchdrungen von

Schatten, gegen die die Parklaternen kaum etwas auszurichten vermochten.

Etliche der Lampen waren ohnehin von Chaoten zertrümmert, defekt, dunkel. Einzig der Parkeingang gegenüber der Monumentenstraße lag in grellem Scheinwerferlicht. Schutzpolizeibeamte hatten mit Flatterband den Zutritt versperrt. Dahinter parkten der Transporter der Spurensicherung und zwei Streifenwagen.

Unter der Obhut einiger Uniformierter kauerten drei abgelebte, verlumpte Gestalten, irgendetwas um die vierzig, offensichtlich nur widerwillig im Gespräch mit Kriminaloberkommissar Tom von Heist – Mitte dreißig, groß, schlank, mit gescheiteltem Haar, gestutztem Vollbart und einem Anzug.

Sydow wollte aussteigen.

»Max!« Catja hielt ihn zurück. »Warte!« Sie vergrub die Finger in der Hosentasche.

Fragend sah er sie an.

»Hier, nimm eins davon.« Sie drückte ihm die Packung *Airwaves strong* in die Hand. »Oder vielleicht besser sogar zwei.«

Er wich ihrem argwöhnischen Blick aus, während er zwei Kaugummis zermalmte, mehrmals tief durchatmete und ins Freie trat.

Unterdessen hatte Tom sie bemerkt und eilte ihnen entgegen. »War wohl nichts mit Feierabend.«

Achselzuckend ging Sydow zum Wagen der Spurensicherung.

Inmitten der herumwuselnden Kriminaltechniker stand Dr. Franziska Bodde, die Leiterin des Tatort- und Erkennungsdienstes. Sie grüßte mit der Andeutung eines Kopfnickens.

»Wie auch immer«, sagte Tom, »wir haben hier eine tote Obdachlose, offenbar erdrosselt. Angeblich ist ihr Name Anna.«

»Angeblich?«, fragte Catja.

»Na ja«, machte Tom und rieb sich seinen Bart. »Sie trug keinerlei Ausweis oder dergleichen bei sich. Ihre Fingerabdrücke sind nicht registriert. Und von denen«, verdrossen deutete er auf die betagten, verwahrlosten Gestalten, die er den Uniformierten überlassen hatte, »von denen bekommen wir nur widersprüchliche Angaben.«

»Wer sind die drei?«

»Obdachlose, wie das Opfer. Sie leben hier im Park, zusammen mit einem Dutzend anderer.«

»Und wo sind die anderen?«, fragte Sydow.

»Abgehauen, noch ehe wir angekommen sind.«

Murrend kaute Sydow auf den Kaugummis, während er in einen Einwegoverall schlüpfte.

Catja folgte seinem Beispiel. »Gibt es Verdächtige?«

»Zur Stunde noch nicht«, sagte Tom.

»Was ist mit den dreien dort?«

»Gut möglich, allerdings bestreiten sie, etwas mit dem Mord zu tun zu haben.«

»Aber sie sind Zeugen der Tat.«

»Auch das verneinen sie.«

»Und wer hat die Tote gefunden?«

»Na«, sagte Tom, »einer von ihnen.«

Sydow, der sich Plastikstulpen und -handschuhe überstreifte, hielt inne. »Also hat doch einer von ihnen etwas mitbekommen.«

»Nein«, Tom schüttelte den Kopf, »er fand die Leiche, als er sich ein Bier von der Frau ausborgen wollte.«

Ausborgen?, wollte Sydow fragen, ließ es aber bleiben. »Wo ist die Tote?«

Tom wies tiefer in den Park. Im Scheinwerferlicht hatten die Kriminaltechniker einen Pfad ausgewiesen. Rechts und links davon waren erste Spuren markiert, Schuhabdrücke, Scherben eingeschmissener Laternen, unzählige Bierflaschen, Essensreste und anderer, achtlos entsorgter Müll.

Der Weg endete abrupt vor einem Strauch, hinter dem ein Einkaufswagen stand, darin ein kleiner, fleckiger Koffer und ein paar Plastiktüten, deren Inhalt nicht zu erkennen war.

Neben einem zerschlissenen Schlafsack hockte Dr. Wittpfuhl, der Gerichtsmediziner.

Sydow blieb stehen, wenige Schritte von der Toten entfernt. Sie war irgendetwas zwischen

Anfang dreißig bis Ende vierzig, dünn, fast mager, ihr struppiges, blondes Haar hatte schon lange keine Pflege mehr erfahren.

Ihr verhärmtes Gesicht war zerkratzt und aufgedunsen, ihre Augen weit aufgerissen, die Augäpfel beinahe aus den Höhlen gequollen. Ihr schmutziges, ärmelloses Kleid gab den Blick frei auf mit Platzwunden übersäte Arme und Beine. Einer der Füße steckte in einem abgelatschten, löchrigen Turnschuh, der andere war nackt, schrundig und schmutzig.

Sydow räusperte sich. »Guten Abend, Herr Dr. Wittpfuhl.«

»Ich würde lügen, würde ich behaupten, der Abend wäre gut.« Unter dem Plastikoverall des Gerichtsmediziners war der blaue Kragen seiner festlichen Abendgarderobe zu erahnen. »Ich war mit meiner Frau gerade auf dem Weg in die Oper, Wagners *Tristan und Isolde*, die Premiere, Sie verstehen?«

Sydow ging nicht darauf ein. »Was können Sie uns über die Todesursache sagen?«

Dr. Wittpfuhl brummte verstimmt. »Ganz genau kann ich es Ihnen natürlich erst *nach* der Obduktion sagen, aber ... das Opfer wurde mit großer Wahrscheinlichkeit erdrosselt.« Mit den Fingerspitzen hob er eine silberne Kette an, die sich um den Hals der Toten schlang.

Daran baumelte ein daumengroßes, hellgrünes Medaillon, das einen kleinen, stilisierten Engel zeigte. Die Strangulationsmale der Kette wiederum glichen tiefen, blutigen Kerben in der Haut.

»Und der Todeszeitpunkt?«

»Vor ein, maximal zwei Stunden. Die Rigor mortis hat gerade erst eingesetzt.«

Catja trat näher heran. »Wurde sie ...«

»... missbraucht? Allen Anschein nach nicht.« Dr. Wittpfuhl hob das Kleid der Toten etwas an. Zum Vorschein kam ein fleckiger Schlüpfer. »Das bedeutet aber nicht, dass sie nicht gelitten hat.«

»Hat sie sich gewehrt?«

»Zumindest hat sie es versucht. Sie hat Abschürfungen an Händen und Fingern.«

»Spuren vom Täter?«, warf Catja hoffnungsvoll ein.

»*Das* müssen Sie die Kollegen von der Spurensicherung fragen.« Dr. Wittpfuhl stemmte sich empor. »Wenn Sie mich jetzt bitte entschuldigen, vielleicht schaffe ich es noch rechtzeitig zum zweiten Akt.« Im knisternden Overall marschierte er davon.

Sydow wandte sich Dr. Bodde zu. »Und?«

»Um ehrlich zu sein«, sagte die Leiterin des Tatort- und Erkennungsdienstes, »außer Mülltüten, Coladosen, Bierflaschen? Nein, bisher haben wir nichts Verwertbares sicherstellen können.«

»Aber sicher ist, dass dies dort«, Sydow blickte über seine Schulter zurück zur Leiche, »der Tatort ist?«

»Zweifellos.«

Während sich Sydow seines Overalls entledigte, stapfte er auf die drei verlotterten, griesgrämigen Gestalten zu. »Wir müssen miteinander reden.«

NEUN

Obwohl ihr Knie unaufhörlich brannte, legte Isa an Tempo zu. Sie nahm die erstbeste Straße links, wandte sich gleich darauf erneut nach links, überquerte eine Kreuzung und –

»Pass doch auf!«, aus den Schatten schoss ein Fahrradfahrer auf sie zu, »du blöde Kuh!«

Für ein, zwei Sekunden stand sie wie erstarrt.

Bleib nicht stehen!

Dann rannte sie wieder los, beschleunigte noch einmal ihre Schritte, bis sie endlich die Kreuzberg-straße erreichte. Einem Impuls folgend duckte sie sich in die Schatten hinter einem Baum, spähte die Straße rauf und runter.

Ihr Herz raste, ihre Lunge rasselte, trotzdem hielt sie die Luft an, lauschte nach Schritten, Stimmen,

Geräuschen, irgendetwas, das ihr verdächtig vorkam.

Doch außer ihrem Nachbarn Krause, der seine überfressene Dogge wie immer an den Bordstein kacken ließ, war da nichts und niemand.

Schnell hastete sie über die Straße auf den unsanierten Altbau zu.

Als Krause sie bemerkte, bedachte er sie mit dem üblichen, geringschätzigen Blick.

Sie ignorierte ihn wie immer, mühte sich stattdessen die Eingangsstufen hoch. Zum Glück hatte Krause die Haustür nur angelehnt.

Während sie die Treppe in die erste Etage emporhumpelte, kramte sie ihre Schlüssel hervor, entriegelte die Wohnungstür, stieß sie auf. Wie immer quietschten die alten, rostigen Scharniere.

Japsend stolperte Isa in die Diele, schlug die Tür hinter sich zu.

»Ach«, ihre Mutter trat aus dem Badezimmer, wie jeden Abend in ihren sackartigen Latzanzug gehüllt, den sie für ihre Nachtschicht als Sortiererin trug, »sieh einmal an.«

Isa schnappte nach Luft.

»Die Dame gibt sich also doch noch die ...« Ihre Mutter brach ab. »Was ist denn mit dir passiert?«

Isa wollte ihr antworten. »Ich ...« Mehr bekam sie nicht über die Lippen. Wie sollte sie erklären, was sie selbst nicht begriff?

»Dein Kleid ist ja zerrissen. Und ... ist das da Blut an deinem Knie?«

Isa nahm einen neuerlichen Anlauf. »Ich ...«

»Von wegen«, ihre Mutter schnaubte, »du passt auf Lukas auf!«

Unvermittelt hatte sie wieder Lukas vor Augen. *Hüpfen, hüpfen, hüpfen!*

Der Kleine lag im *Kinder-Spiele-Tobe-Land* hinter der Kasse, blutbesudelt, regungslos, sein Blick erstarrt.

Er ist tot.

Mit einem Mal begriff sie mit voller Wucht, was geschehen war.

Er wurde ...

Sie stürzte an ihrer Mutter vorbei ins Badezimmer, schaffte es aber nicht bis zum Klo. Sie erbrach halb verdaute Reste der Pommes und Chicken Nuggets ins Waschbecken.

Er wurde ermordet.

Sie übergab sich erneut.

In ihr Würgen mischte sich die Stimme ihrer Mutter. »Hast du wieder Drogen genommen?«

Isa spuckte Reste des Erbrochenen ins Waschbecken.

»Hat dir das letzte Mal etwa nicht gereicht?«

Sie spülte sich den Mund mit Wasser aus.

»Beim nächsten Mal wird die Polizei es jedenfalls nicht mehr nur bei Verwarnungen belassen.«

Langsam drehte sie sich zu ihrer Mutter um. Tränen flackerten in ihren Augen. »Mama …«

»Nein, Isabell, komm mir nicht wieder so. Mir reicht's, ich kann deine ständigen Ausflüchte nicht mehr ertragen!«

»Ich …«

»Weißt du, dein Vater würde sich für dich schämen!«

»Aber …«

»Aber zum Glück muss er das alles nicht mehr miterleben.«

»Das …«

»Irgendwann, Isabell«, wütend wandte sich ihre Mutter zurück in die Diele, »wirst auch du erwachsen und …«

»*Mama!*«

»Nein, Isabell, begreif endlich«, ihre Mutter schlüpfte in ihre Stiefel, unterdessen öffnete sie die Wohnungstür. Das Quietschen der Scharniere hallte durchs Treppenhaus, gleich darauf auch ihre Stimme. »Irgendwann gibt es ein böses Erwachen. Aber das ist dann, ich sag's dir heute zum letzten Mal … Das ist deine Schuld!«

Isa starrte sie an. *Er wurde ermordet!*

»Und Sie«, ihre Mutter trat ins Treppenhaus, wo Nachbar Krause mit seiner dicken Dogge stand und die Ohren spitzte, »haben Sie jetzt genug gehört? Dann können Sie sich ja wieder den

Mund zerreißen!« Zornig schlug sie die Tür hinter sich zu.

Der Knall fuhr Isa durch Mark und Bein.

Das ist deine Schuld!

Die Worte trieben sie in ihr Zimmer.

ZEHN

Sydow spürte die grimmigen Blicke der Männer.

Aus der Nähe wirkten die drei, zerlumpt und verlebt wie sie waren, noch älter; über fünfzig, wenn nicht sogar schon weit über sechzig.

Ihre Hände waren schmutzig, rissig, vernarbt. Die zerfurchten Gesichter ließen jahrelange Mühsal, Enttäuschung und Resignation erahnen, obendrein übermäßigen Alkoholkonsum.

Unvermittelt empfand Sydow Abscheu.

»Also«, hörte er sich sagen, »wie viel haben Sie heute getrunken?«

»Schon klar«, zischte einer der Männer, ein kleiner, buckliger Greis mit mehr Falten als Haaren auf dem Schädel, »dass Se denken ...«

»Ich denke ...«

»... wir sin' alle nur Säufer! Schläger! Un' Mörder! Sagen Se's doch!«

Noch ehe Sydow etwas sagen konnte, ergriff Catja das Wort. »Was mein Kollege Sie eigentlich fragen wollte«, sie bedachte ihn mit einem empörten Blick, »haben Sie vorhin bei Anna ...«

»Anja«, unterbrach der Bucklige.

»Anja?«

»Anna«, sagte einer der beiden anderen Männer, ein großer, hagerer Graukopf, der bis auf drei, vier schwarze Stümpfe kaum noch Zähne im Mund hatte.

»Äh, was denn nun?«, fragte Catja.

»Anna«, wiederholte der zahnlose Graukopf.

»Anja«, brummte der Bucklige.

Tom verzog sein bärtiges Gesicht, als wolle er sagen: *Versteht ihr jetzt, was ich vorhin meinte?*

Catja wandte sich wieder an die drei Männer. »Wie gut haben Sie Anna oder Anja gekannt?«

Diesmal war nur Schweigen die Antwort.

»Haben Sie sie überhaupt gekannt?«

»Se war halt hier«, sagte der bucklige Greis.

»Hier?«

»Hat dahinten jehockt«, der Bucklige deutete zu dem Strauch, hinter dem die Kriminaltechniker um die Leiche wuselten, »und nich' viel jeredet.«

»Wie lange war sie denn schon hier?«

»'Ne Woche.«

»Eher zwei«, sagte der zahnlose Graukopf.

»'Nen Monat«, fügte der dritte Mann hinzu, ein untersetzter Koloss, und nickte dabei so energisch, als müsse er sich von seinen eigenen Worten überzeugen.

»Aber es gab niemanden, der mehr über sie wusste?«, hakte Catja nach. »Zum Beispiel, wie sie tatsächlich hieß? Woher sie kam?«

Der bucklige Greis schüttelte seinen kahlen Kopf. »Se wollt halt nüscht mit uns zu tun hab'n.«

»Warum nicht?«

»Glaubte wohl, se is wat Besseret. Also hab'n wir se in Ruh jelassen.«

»Und deshalb haben Sie von dem Mord an ihr auch nichts mitbekommen?«

»Hab ick doch jesagt.«

»Schon klar«, sagte Sydow, »nichts sehen, nichts hören.« Der Bucklige funkelte ihn an. »Aber für ein Bier war sie trotzdem gut genug.«

»Bier?«

»Wer von Ihnen hat ihre Leiche denn gefunden?«

»Das«, ergriff Tom das Wort, »war noch ein anderer.« Er deutete auf einen Schneebeerenstrauch etwas abseits.

In dessen Schatten kauerte eine weitere Gestalt.

»Koffi«, murmelte der bucklige Greis.

»Koffi?«

»Ja, Koffi«, sagte Tom, »mehr habe ich bisher nicht aus ihm herausbekommen.«

Als Sydow auf ihn zuschritt, fiel nicht nur ihm Koffis Schwanken auf.

»Was ist mit ihm?«, fragte Catja.

»Was wohl?« Tom hob sich eine imaginäre Bierflasche an die Lippen. »Der ist hackedicht.«

»Könnte er den Mord begangen haben?«

»In seinem Zustand? Eher unwahrscheinlich.«

Koffi entpuppte sich als ein dürrer, struppiger Mittfünfziger, der außer einem fleckigen, löchrigen Feinripp-Unterhemd, Shorts und Sandalen nichts weiter am knochigen Leib trug. Auf seiner schaukelnden Luftmatratze, aus der ein Großteil der Luft entwichen war, bot er einen jämmerlichen Anblick.

»Sie haben die Tote gefunden?«, fragte Catja.

»Ich ...«, begann Koffi und schwankte bedrohlich erst zur einen, dann zur anderen Seite, bevor er eine üble Mischung aus Bier und Eintopf aufstieß. »Ich ...«, sein Akzent klang osteuropäisch, »... ich haben Bier bei Agnes ausborgen wollen.«

»Agnes?«, wiederholte Catja überrascht. »Ihr Name war Agnes?«

»Sie hat Bier mir versprochen.«

»Kannten Sie Agnes näher?«

»Und sie liegen da tot.«

»Haben Sie jemanden bei Agnes gesehen?«

»Wer machen denn sowas?« Aus trüben Augen schaute Koffi auf.

»Tom«, mit einem entnervten Seufzen wandte sich Sydow ab, »Schutzpolizeibeamte sollen den Park durchkämmen.«

»Du meinst, falls ...«

»Ja, falls einige der anderen Obdachlosen sich versteckt halten oder womöglich zurückkehren. Vernehmungsbeamte sollen sie befragen, ihre Personalien aufnehmen, übrigens auch die der Herren hier«, Sydow wies auf die drei Greise, »und überprüfen, ob und was gegen sie in der Vergangenheit vorlag.«

»Was soll das bringen?«

»Solange die Spurensicherung nichts Verwertbares sichergestellt hat, ist es das einzige, das wir tun können.«

»Na toll, und was ... Max?«

Sydow lief bereits zum Audi.

Als sich Catja hinters Steuer klemmte, strafte sie ihn mit vorwurfsvollem Schweigen.

Auch während der Fahrt blieb sie still.

Weit unterm Durchschnitt, sang Clueso im Autoradio, *suhl ich seit Wochen im Dreck.*

Je näher sie seiner Wohnung kamen, den leeren Zimmern und der Stille, desto angespannter kaute Sydow auf den Kaugummis herum.

Das Wissen um die Whisky-Flasche zu Hause linderte sein Unbehagen nicht, ganz im Gegenteil.

»Was ist bloß los mit dir?« fragte Catja.

Er zeigte zur Frontschreibe hinaus. »Halte dort an der Kreuzung.«

»Äh ...«

»Bitte.«

Catja ließ den Wagen am Straßenrand ausrollen.

»Warte kurz«, sagte er und stieg aus.

Er spürte ihren Blick, während er die Karl-Marx-Straße zur Mündung Thomasstraße überquerte. Die Laterne dort an der Straßenecke stand unverändert schief. Auch die Beule unten am Mast, dort wo der Wagen dagegengeprallt war, hatte man nicht ausgebessert.

Sydow versuchte sich in ein wütendes Unfallopfer hineinzudenken, während er sich einmal um die eigene Achse drehte und die Umgebung beäugte.

Hinter ihm ragte das Ärztehaus in die Höhe, daneben der Elektroladen mit den antiquierten Hi-Fi-Geräten im Schaufenster. Auf der anderen Straßenseite befand sich der Juwelier, schräg gegenüber die alte Spelunke, dementsprechend die Gestalten auf dem kleinen Karl-Marx-Platz davor.

So sehr er sich bemühte, wie schon gestern, letzte Woche, all die Monate zuvor, stellte sich keinerlei Erkenntnis ein.

Was hast du erwartet?

Selbst die Kollegen, Kommissar Kalkbrenner und dessen Team, denen der Fall vor drei Monaten und elf Tagen anvertraut worden war, hatten bis heute nichts herausgefunden.

Auf dem Weg zurück zum Audi zückte Sydow sein Handy, tippte die Wahlwiederholung.

»Ach, Max«, meldete sich Kalkbrenners müde Stimme.

Schweigend zog Sydow die Wagentür auf.

»Tut mir leid, ich kann mich nur wiederholen.« Er sank auf den Beifahrersitz.

»Wir geben dir Bescheid, sobald wir eine Spur von ihr haben, okay?«

Sydow legte auf. Für Sekunden saß er reglos und still.

»Max?«, fragte Catja.

Mit einem erschöpften Kopfnicken gab er zu verstehen, dass sie die Fahrt fortsetzen konnten.

ELF

Isa stand in ihrem Zimmer. In ihrem Kopf herrschte Chaos.

Dein Vater würde sich für dich schämen!

Ihr Blick irrte umher, verzweifelt auf der Suche nach etwas, das ihr Halt und Ruhe versprach, doch da war wie immer nur ein Durcheinander.

Auf dem Schreibtisch türmten sich Bücher, Hefter, Zettel, Schulsachen, die nur nervten. Die Decken und Kissen auf dem Bett waren von letzter Nacht noch wild aufgeworfen. Am Boden verteilten sich getragene Jeans, Röcke, Kleider, Strümpfe, Schuhe, zwei Handtäschchen, noch mehr Bücher, ein paar alte Zeitschriften – und der blaue *Disney*-Rucksack mit den Sachen von Lukas für die Nacht.

Von wegen, du passt auf Lukas auf!

Wütend schrie Isa auf. Warum verdammt nochmal konnte ihre Mutter nicht zuhören? Wieso nahm ihr Gezeter einfach kein Ende? Hätte *sie* vorhin nicht angerufen, wäre Isa nicht abgelenkt gewesen und – *Er wurde ermordet!*

Wieder sah sie Lukas vor sich liegen, leblos in seinem Blut. Schlagartig erlosch ihr Zorn.

Das ist deine Schuld!

»Nein!« Ein Schluchzen durchzuckte ihren Körper wie ein elektrischer Schlag.

Sie bekam kaum mit, wie ihre Mutter noch einmal die Wohnung betrat, in die Küche stapfte, in den Schränken kramte, bevor sie wieder ins Treppenhaus und zur Nachtschicht verschwand.

Sie hörte kaum das Handy klingeln oder die Volksmusik, die der alte Krause in seiner Wohnung wie jeden Abend erklingen ließ.

Humpta humpta humpta.

Als sie endlich wieder zu sich kam, fand sie sich mit dem Rücken in die Ecke gedrängt vor, die Beine an die Brust gezogen, mit den Armen umschlungen.

Das ist deine Schuld!

Sie schüttelte den Kopf, als könne sie den Gedanken auf diese Weise loswerden. Doch vergeblich.

Wie von selbst griffen ihre Finger nach dem Handy, wählten Sams Nummer. Ein paarmal erklang das Freizeichen, dann sprang die Mailbox an. »Ich ...«, sagte sie, bevor ihr die Stimme versagte. Was sollte, was *wollte* sie sagen? Ihr fehlten die Worte.

Sie legte auf, wählte noch einmal. Erneut erreichte sie nur Sams Mailbox. *Scheiße, wo steckt er?*

Am besten, sie fuhr zu ihm. Bei ihm würde es ihr allemal besser gehen als hier zu Hause, alleine in ihrer Verzweiflung und dem Schock.

Humpta humpta humpta.

Sie beugte sich vor, um aus dem Bett zu steigen, als sie auf halber Strecke innehielt. Was, wenn Sam nicht zu Hause war? Außerdem, wollte sie wirklich wieder raus auf die Straße? Ganz alleine?

Was sollte sie tun? *Was?*

Vielleicht sollte sie die Polizei anrufen?

Ich will die Polizei nicht noch einmal im Haus.

Sie zögerte.

Das ist deine Schuld!

Die Wahrheit war: *Sie* war es gewesen, die sich hatte ablenken lassen. *Sie* hatte nicht aufgepasst. *Sie* hatte Lukas aus den Augen verloren. Nur deshalb hatte er zurück ins Spieleland flitzen können, wo dieser Mann ihn ermordet hatte.

Ermordet!

Es war *ihre* Schuld. Ganz allein *ihre!*

Sie wurde den Gedanken nicht mehr los, ebenso wenig wie die schrecklichen Bilder aus dem Spieleland. Lukas, der mit dem Tod kämpfte, das viele Blut.

Ermordet!

Irgendwann hielt sie es nicht mehr aus, griff nach den Kopfhörern auf dem Nachttischchen und stülpte sie über die Ohren, nahm das Handy und schaltete die Musik ein.

Out of town, grölte Nirvana, *out of sight is my heart* ... Sie drehte die Lautstärke auf.

... queen of lies, today, my heart.

Doch die scheppernde Musik übertönte weder die Verzweiflung, noch Angst, Wut und Trauer.

Das ist deine Schuld!

ZWÖLF

Während der Fahrt spürte Sydow immer wieder den verstohlenen Blick seiner Kollegin.

Was ist bloß los mit dir?

Er fragte sich, worauf genau sie angespielt hatte. Auf den Alkohol, den sie in seinem Atem gerochen hatte? Dass er in einem Anfall unprofessioneller Wut, der ihn selbst überrascht hatte, die Obdachlosen ruppig angegangen war? Oder dass er ...

»Die letzten Tage bist du so ...« Catja schien um Worte zu ringen. »Ach, ich weiß auch nicht.«

Er suchte nach einer Antwort, kannte sie allerdings selbst nicht.

»Ist es wegen deiner Frau?«

Das weißt du doch am besten!, lag es ihm auf der Zunge. »Ich bin müde«, sagte er stattdessen.

Sie schnaubte, als glaube sie ihm kein Wort.

Suhl ich seit Wochen im Dreck, sang Clueso, *nach irgend'ner Lösung.*

Catja war sechsundzwanzig, keine eins siebzig groß, von zierlicher Statur, aber man durfte sich von ihrer Erscheinung nicht täuschen lassen. Als Ermittlerin war sie hartnäckig, einerseits ständig um Gerechtigkeit und Wahrheit bemüht, zum anderen –

»So«, sagte sie und bremste vor dem *Ilse-Eck.*

Diesmal bemerkte Sydow Licht im Zimmer seiner Tochter. Statt Erleichterung verspürte er allerdings noch mehr Unbehagen. Unwillkürlich dachte er wieder an die Whisky-Flasche auf dem Tisch.

Nach irgend'ner Lösung.

Catja schaute ihn unverwandt an.

»Gute Nacht«, verabschiedete er sich, noch ehe sie etwas sagen konnte, und trat ins Freie.

Falls sie etwas erwiderte, verschluckte es die zuknallende Tür. Rasch ging er zum Hauseingang.

Auf dem Spielplatz gegenüber war Ruhe eingekehrt. Einzig die Gestalten an den Tischen vor der Eckkneipe plärrten noch immer in bierseliger Dumpfheit.

Als würde Catja nur darauf warten, dass er sich noch einmal besann, blieb sie am Straßenrand stehen. Erst als er die Haustür entriegelte, hörte er sie wegfahren. Er drehte sich um und sah ihr nach.

Seit etwas weniger als einem Jahr arbeitete sie an seiner Seite in der Mordkommission, und bis heute erinnerte sie ihn an ihn selbst und seine eigene Anfangszeit, noch unerfahren, häufig naiv, trotzdem – oder gerade deshalb – in wilder Entschlossenheit immer um eine Erklärung bemüht.

Und *das* war das Problem.

Einer der Typen vor dem *Ilse-Eck* stand auf, torkelte, stolperte über seine eigenen Füße und stürzte der Länge nach über den Bürgersteig. Laut schallend lachten seine Kumpels auf.

Also, wie viel haben Sie heute getrunken?

Plötzlich fragte sich Sydow, wie schnell der Weg wohl war von zwei, drei Feierabenddrinks hin zu einem Tisch vor der Eckkneipe – und von dort dann in den Park.

Weniger als drei Monate und elf Tage?

Der Gedanke trieb ihn die Stufen hoch in die zweite Etage. Obwohl die Kneipenküche inzwischen Feierabend hatte, hing nach wie vor ein ranziger Dunst im Treppenhaus.

Wie hältst du das bloß aus?

Die Wahrheit war: Der Kneipenmief war seine geringste Sorge.

Kaum, dass er seine Wohnung betreten hatte, stolperte er über die Lederjacke, die Melissa achtlos hatte liegen lassen. Er hängte sie an die Garderobe, bevor er an ihre Zimmertür klopfte.

Keine Antwort.

»Melissa?« Er klopfte erneut, wartete, dann öffnete er die Tür.

Seine Tochter lag bäuchlings auf dem Bett, in einen Film auf dem Handy vertieft. Sie trug ihr *H&M*-Shirt, in dem sie mehrmals die Woche in dem Klamottenladen arbeitete. Sie hob den Blick, als sie ihn bemerkte.

Für einen Moment fehlten ihm die Worte. Ihr schmales Gesicht, die vollen Lippen, die grünen Augen, der Blick – es war, als begegne ihm das Antlitz ihrer Mutter.

Hast du was von Nina gehört?

Er zwang sich zu einem Lächeln. »Bist du schon lange zu Hause?«

»Was?« Sie nahm die Kopfhörer ab.

»Wie lange bist du hier?«

»'Ne Weile.«

»Warst du heute arbeiten?«

»Yep.«

»Und in der Schule ...« Er brach ab, weil sich Melissa wieder dem Film widmete.

Er zögerte, dann schloss er seufzend die Tür, ging ins Wohnzimmer und startete wieder die CD.

Erschöpft saß er auf der Couch, den Blick auf das Foto an der Wand gerichtet.

Seine Frau hatte es nicht gemocht, weil die Kamera ausgelöst hatte, noch ehe sie ihre vernarbte Hand hatte verbergen können. Der Wulst war die unansehnliche Erinnerung an einen Fahrradunfall in ihrer Kindheit. Sydow hatte das Foto trotzdem aufgehängt, weil es seine Familie in einem glücklichen Moment zeigte, ausgelassen lachend, nur wenige Wochen bevor –

Er verdrängte den Gedanken, griff nach der Whisky-Flasche. Auf halber Strecke hielt er inne.

You got a nasty disposition, no one really knows the reason why.

Mit einem Ruck stand er auf, räumte die Flasche in die Schrankbar, stoppte die Musik und ging ins Schlafzimmer. Er zog sich aus bis auf T-Shirt und Shorts, dann legte er sich ins Bett. Allerdings hatte er Zweifel, dass er Schlaf finden würde.

MONTAG
13. OKTOBER

DREIZEHN

Isa erwachte von einem Schrei.

Sie brauchte eine Weile, bis sie begriff, dass es nur die Türklingel war, die schrillte. Und die dicke Dogge, die in Nachbars Wohnung unter ihr blaffte.

Benommen wälzte sie sich herum. Erst jetzt spürte sie den Muskelkater in den Beinen. Ihr Knie schmerzte. Beängstigender allerdings waren die verschwommenen Bilder ihres Traums. Albtraums.

Und was für einer!

Noch während sie ihn zu greifen versuchte, vernahm sie Stimmen aus der Diele. Zu leise, als dass sie erkennen konnte, wem sie gehörten.

Sie drehte sich wieder auf die andere Seite, dabei bohrte sich ein Gegenstand in ihre Wange.

Die Kopfhörer.

Unwirsch schob sie sie beiseite, zog sich die Decke wieder bis ans Kinn und –

Es klopfte an der Zimmertür.

»Isa?« Noch ehe sie reagieren konnte, trat ihre Mutter herein. »Ist Lukas hier bei …?« Ihre Stimme erlahmte.

Lukas!

Etwas in Isa zog sich zusammen.

»Isa!«, sagte ihre Mutter und starrte sie an.

Widerstrebend richtete sich Isa auf. Die Decke rutschte von ihr ab. Auf dem Stoff zeigten sich rostrote Flecken.

Blut! Der Indoorspielplatz! Lukas!

Plötzlich begriff sie, dass nichts von alldem ein Albtraum gewesen war.

Ihr wurde übel.

»Isa«, sagte ihre Mutter, »Evi und Karl sind da. Sie wollen Lukas abholen.«

Lukas' Eltern tauchten in der Diele auf.

Isa schluckte.

»Wo ist denn unser kleiner Mann?« Karl lächelte.

Isas Kehle war wie zugeschnürt. Sie wollte sich die Decke über den Kopf ziehen. Oder weglaufen, weit weg, so weit, dass niemand sie mehr finden konnte.

»Lukas«, rief Karl, »wo hast du dich denn versteckt?« Noch immer trug er ein Lächeln im Gesicht. Er sah sich im Zimmer um. Sein Blick streifte den kleinen, blauen *Disney*-Rucksack seines Sohnes. »Na los, kleiner Mann, Mama und Papa sind wieder da.«

Isa glaubte zu ersticken.

»Sag mal«, sagte ihre Mutter, »hast du in diesen Klamotten etwa geschlafen?«

»Isa?«, fragte Karl, während sein Blick das Blut an ihrem Kleid und auf der Decke fand. Sein Lächeln gefror. »Wo ist Lukas?«

»Wir wollten ihn doch um halb neun abholen«, fügte Evi, Lukas' Mutter, überflüssigerweise hinzu. »Das hatten wir vereinbart.«

Isa ertappte sich dabei, wie sie nickte.

Ihr Handy, das neben dem Kissen lag, piepste. Eine neue WhatsApp-Nachricht traf ein. Sie war von Sam.

»Isa«, aus Karls Stimme sprach jetzt Sorge, »wo ist Lukas?«

Tränen stiegen ihr in die Augen.

»Wo ist er?«, fragte Evi.

Isa schüttelte den Kopf. Ihr fehlte die Kraft, geschweige denn der Mut. Und dennoch ...

Du musst ihnen die Wahrheit sagen!

Sie schluckte. »Er ...« Ihre Stimme versagte. Ihr wurde übel. Sie würgte. »Er ...«, flüsterte sie benommen, » er ist ...«

»Isa, verdammt«, fluchte Evi, *»wo ist Lukas?«*

»Er ...«, Isas Stimme war nur ein Flüstern, »er ist ... er ist tot.«

»Wie bitte?«, stieß Karl hervor.

»Was redest du da?«, ächzte Evi.

»Was?«, blaffte Isas Mutter.

Isa spürte die Tränen, die ihr über die Wangen liefen.

»Isabell, bitte, lass jetzt den Mist, ich hatte eine lange Nacht und –«

»Er wurde ermordet«, platzte es aus Isa heraus.

Ihre Worte erschütterten die Anwesenden wie ein Donnerschlag. Für Sekunden erfasste beklommenes Schweigen das Zimmer.

Dann stöhnte Eva unvermittelt auf. »Das ist nicht wahr!«

Unterdessen betrachtete Karl das Blut, dann Isas zerrissenes Kleid. »Was«, etwas in seinem Gesicht veränderte sich, »was ist passiert?«

Erneut fehlten Isa die Worte, während sie an gestern Abend dachte, an das *Kinder-Spiele-Tobe-Land* und an Lukas – voller Blut, ermordet.

Das Gefühl, sich erbrechen zu müssen, wurde wieder übermächtig.

»Isa«, Karls Stimme zitterte, »was ist passiert?«

»Hörst du nicht«, schrie Evi, *»das ist nicht wahr!«*

»Isa!«, drängte Karl.

»Da ... da war dieser Mann«, hörte sich Isa flüstern.

»Hör auf damit, hör auf ...«

»Welcher Mann?«, fragte Karl. »Wo?«

»Im ... im Spieleland ... er hat ... er hat eine Frau erstochen und ... und dann ... dann auch Lukas.«

»Ich glaub dir kein Wort!«, brüllte Eva.

Karl hielt seinen Blick unverwandt auf Isa gerichtet.

»Lukas«, sagte sie, »er ... er ist zurückgerannt ...«

»Du glaubst ihr diesen Unsinn doch nicht etwa!«, schrie Eva ihren Mann an.

»Wieso ist er zurückgerannt?«, hakte Karl nach.

»Ich ... ich ...« Isas Stimme versagte.

Von wegen, du passt auf Lukas auf!

Wieder gab ihr Handy ein Signal. Sie ignorierte es erneut.

»Hattest du was vergessen?«, wollte Karl wissen.

Isa zögerte, dann nickte sie.

»Sie lügt!«, zischte Evi. *»Sie lügt. Sie hat einfach nicht richtig aufgepasst!«*

»Lukas .... er ... er ...«, stammelte Isa, »er ist vorausgelaufen und dann ... dann war ich zu spät, ich ... ich konnte es nicht verhindern.«

»Ich hab es gewusst«, brüllte Eva, *»wir hätten ihr Lukas niemals über Nacht geben sollen!«*

Noch mehr Tränen stiegen in Isa auf.

Karl sah sie skeptisch an. »Und warum hast du nicht die Polizei gerufen?«

Sie schluchzte.

Sie hat einfach nicht richtig aufgepasst.

»Nein!« Evi gab einen verzweifelten Laut von sich, dann sprang sie auf Isa zu, wollte sie offenbar packen, schütteln, schlagen und –

Karl hielt sie gerade noch davon ab. Wie wild zappelte und schrie Evi in seinen Armen, bis sie heulend zusammenbrach.

Auch Isas Körper erbebte unter einem Weinkrampf.

Das ist deine Schuld!

Karl zog sein Handy hervor, bevor er seine wimmernde Frau aus dem Zimmer führte. »Ich rufe die Polizei.«

VIERZEHN

Das Handyklingeln riss Sydow aus dem Schlaf.

Überrascht blinzelte er in ein fahles Morgengrau. Wann war er eingenickt? Er streckte sich nach dem Handy. Das helle Display brannte in seinen schlaftrunkenen Augen. *Nicki Jäger* war der Anrufer, abermals sein alter Kumpel.

Es war kurz vor acht. Zuletzt hatte Sydow gegen halb vier auf sein Telefon geschaut, sich zum wiederholten Mal fluchend herumgewälzt und gefragt, ob ein weiterer Drink nicht vielleicht doch eine gute Idee wäre.

Das Telefon verstummte.

Mit einem Gähnen rappelte er sich auf und raffte den Fenstervorhang beiseite. Am Himmel trieben Wolken, ließen einen trüben Herbsttag erwarten.

Als er sich in seinem Shirt und den Shorts in den Flur begab, war Melissas Tür wie immer geschlossen. Allerdings hing ihr Anorak nicht mehr an der Garderobe.

In der Küche hatte sie ihm eine Haftnotiz an die Kaffeemaschine geklebt. In einem kurzen Anflug von Hoffnung erwartete er – wie früher – ein paar nette Worte.

Freue mich auf dich.

Oder: *Wollen wir heute Abend Pizza machen?*

Selbst über ein schlichtes *Komme etwas später nach Hause* hätte er sich vermutlich gefreut.

Stattdessen las er nur eine Liste mit Besorgungen, die zu erledigen waren: *Klopapier, Spülmaschinentabs, Aspirin, Kondensmilch.*

Ansonsten nichts, nicht einmal ein *Danke, M.*

Er setzte Kaffee auf und ging ins Badezimmer. Das kalte Wasser, das aus dem Duschkopf auf ihn herabprasselte, vertrieb zwar die Müdigkeit, die Enttäuschung spülte es dagegen nicht von ihm ab.

Aber hast du etwas anderes erwartet?

Er hatte sich letzte Nacht bereits im Bett aufgesetzt, um sich tatsächlich noch einen Drink zu genehmigen, als er Melissa aus ihrem Zimmer hatte schleichen hören.

Atemlos hatte er darauf gewartet, dass sie bei ihm anklopfte.

Stattdessen war sie in die Küche gegangen.

Er war versucht gewesen, ihr dorthin zu folgen und seinerseits ein Gespräch zu suchen. Allerdings hatte er keinen blassen Schimmer gehabt, worüber sie hätten reden sollen.

Also hatte er sich wieder hingelegt, dem Geschirrklappern gelauscht, nach einer Weile der Klospülung. Danach war Melissa wieder in ihrem Zimmer verschwunden.

Bedrückende Stille hatte die Wohnung erfasst.

Mit dem Blick auf Ninas leere Betthälfte hatte er die Hoffnung auf Schlaf endgültig aufgegeben. Kurz danach musste er wohl doch eingenickt sein.

In das Rauschen der Dusche mischte sich erneut Handyklingeln.

Mit einem Handtuch um die Hüfte eilte er in die Küche. Gerade als er dort ankam, erstarb das Läuten. Abermals war es Nicki gewesen.

Sydow goss sich eine Kaffeetasse voll, wollte Milch aus dem Kühlschrank holen, ließ es bleiben, als er Melissas Einkaufsliste sah.

Notgedrungen trank er den Kaffee schwarz.

Währenddessen fragte er sich, was die wiederholten Anrufversuche seines alten Kumpels so früh am Morgen zu bedeuten hatten, und ob er ihn zurückrufen sollte. Allerdings hatten sie vier, fünf Jahre, wenn nicht sogar länger nichts mehr voneinander gehört. So oder so, ein Telefonat würde zu einer Menge Fragen führen.

Wie ist es dir ergangen? Was treibst du so? Vermutlich auch: *Und wie geht es Nina?*

Sydow ging mit der Kaffeetasse ins Schlafzimmer.

Schwermütig blieb sein Blick wieder an der leeren Betthälfte seiner Frau hängen.

Was ist bloß los mit dir?

Das Problem war: Manche Dinge konnte man einfach nicht erklären.

Manche Taten geschehen einfach so.

Er leerte seine Tasse, als sein Handy ein weiteres Mal klingelte. Diesmal war es Catja.

»Guten Morgen«, meldete er sich.

»Max«, sagte sie. Im Hintergrund erklangen Motorbrummen und das Autoradio. »Bist du schon wach?«

»Wäre ich sonst am Telefon?«

Sie antwortete nicht.

Er grummelte. »Gibt es schon etwas Neues aus dem Park?«

»Ja«, Catja klang, als sei sie erleichtert, weil er ihr die Antwort ersparte, »vier weitere Obdachlose wurden noch angetroffen.«

»Was hat deren Befragung erbracht?«

»Nicht wirklich viel, auch sie haben die Tote kaum gekannt. Ihren Angaben zufolge gab es aber immer mal wieder Jugendliche, die im Park randalierten. Vor ein paar Tagen sollen sich ein paar

Nazis zum ›Pennerklatschen‹ verabredet haben. Außerdem treibe sich dort regelmäßig ein Dieb herum. Ach so, und ...«, Catja schnaubte, »... ein Dämon.«

»Ein Dämon?«

»Behauptet einer der Obdachlosen. Und dass sie deshalb alle bis zum Ende ihrer Tage verflucht seien.«

Sydow trat vor den Kleiderschrank. »Um mir das zu sagen, rufst du an?«

»Äh, nein.« Für einen Moment verschwand Catjas Stimme, und nur noch die Musik war zu hören. »Wir haben die Identität der Toten.«

»Wie das?«

»Ihr Ausweis wurde in einem Mülleimer im Park gefunden. Ihr Name ist tatsächlich Agnes, Agnes Seidel, einundfünfzig Jahre, verheiratet, kinderlos, drei Einträge in der Datenbank, eine Anzeige wegen unsittlichen Verhaltens, zwei wegen Diebstahl. Gemeldet ist sie in der Stubnitzstraße 18 in Pankow, unter dieser Adresse lebt nach wie vor ihr Mann.«

»Ihr Mann«, fragte Sydow erstaunt. »Während sie auf der Straße lebte?«

»Ich denke, wir sollten mit ihm reden.«

Er griff nach einem frischen Hemd. »Dann treffen wir uns dort.«

»Willst du mit deinem eigenen Wagen fahren?«

»Natürlich.«

»Ist nicht nötig«, sagte Catja. »Ich stehe schon vor deiner Tür.«

FÜNFZEHN

Isa brauchte eine Weile, bis sie sich beruhigte.

Unterdessen hatte sich Karl mit seiner schluchzenden Frau in die Küche zurückgezogen.

Während Evi es beharrlich vermied, Isa durch die geöffnete Tür hindurch anzuschauen, blickte Lukas' Vater wiederholt in ihr Zimmer, als müsse er sich vergewissern, dass sie nicht die Flucht ergriff.

Als wolle auch sie eben dies verhindern, versperrte Isas Mutter den Türrahmen, nach wie vor in dem verschwitzten Latzanzug der Nachtschicht, die Arme vor der Brust gekreuzt, das Gesicht eine vorwurfsvolle Maske.

Du hast einfach nicht aufgepasst!

In der beklemmenden Stille, die zwischen ihnen lastete, klang das Klingeln von Isas Handys umso schriller. Sie ließ es klingeln.

Als sie die missfälligen Blicke der anderen bemerkte, schaltete sie das Gerät hastig auf stumm, sah dabei aber gleichzeitig aufs Display.

Der Anrufer war Sam, von ihm stammten auch die beiden WhatsApp-Nachrichten.

guten morgen, süße, schrieb er in der ersten Nachricht, *nachher schon was vor?*

In der zweiten: *kommst du zu mir?*

Sie legte das Telefon beiseite. Die Mienen der anderen waren noch finsterer geworden. Plötzlich fühlte sie sich noch schuldiger, als sei nur die Tatsache, dass sie einen Anruf erhielt, in ihrer Situation ein weiteres, schreckliches Vergehen.

Aber verdammt, was bedeutete das – *in ihrer Situation?* Was dachten sie von ihr? Dass sie tatsächlich alles erfunden hatte? Dass in Wahrheit *sie* Lukas auf dem Gewissen hatte, nur weil sie ... *was auch immer!*

Das ist deine Schuld!

Isa lehnte sich an die Wand, zog die Beine an, schlang die Arme drumherum, legte die Stirn auf die Knie.

Fast war sie erleichtert, als es an der Wohnungstür klingelte.

Kurz darauf führte ihre Mutter zwei Streifenbeamte herein. Der eine, jung, blond und großgewachsen, folgte ihr mit federnden Schritten in Isas Zimmer. Seine entschlossene Haltung versprach Tatendrang.

Der andere war das genaue Gegenteil, klein, dick, hatte eine Halbglatze, unter der er bei Isas

Anblick grimmig dreinschaute. »Du schon wieder.«

»Ihr kennt euch?«, fragte sein junger Kollege.

Isa brauchte einen Augenblick, bis sie den dicken Beamten erkannte.

Ich will nicht noch einmal die Polizei im Haus, hast du verstanden?

Abschätzig musterte er sie, das zerrissenes Kleid, das Blut daran, ihr verheultes Gesicht. »Wieder Drogen?«

»Unser Sohn!«, warf Karl ein, der aus der Küche herbeigeeilt kam. »Er ... er ist weg. Hat man Ihnen das nicht gesagt?«

Der Dicke kratzte sich das Doppelkinn. »Wie alt ist Ihr Sohn?«

»Drei Jahre.«

»Und seit wann ist er weg?«

»Seit gestern Abend, sagt *sie*.« Karl deutete auf Isa.

Der junge Polizist runzelte die Stirn. »Und da melden Sie sich erst jetzt?«

»Ich ... meine Frau und ich ... wir waren auf Lehrgang und sie ... sie hätte auf ihn aufpassen sollen.«

»Über Nacht?«, warf der Dicke abschätzig ein, während sein Blick erneut zu Isa ging, als wolle er sagen: *Bei ihr? Das hätte ich mir dreimal überlegt.*

»Und jetzt ist Ihr Sohn weg?«, wollte sein junger Kollege wissen.

»Weggelaufen?«, hakte der Dicke nach.

»Sie sagt, er ...« Karl rang um Worte. »Er ist tot.«

Sofort ruckten die Köpfe beider Beamten zu Isa herum.

»Was hast du gemacht?«, fragte der Dicke.

Entgeistert schüttelte Isa den Kopf. »Ich ... ich hab nichts gemacht, ich ...«

»Sie behauptet, er wurde ermordet«, sagte Karl. »Er und ... und eine Frau.«

»Ermordet?«, wiederholte der junge Polizist ungläubig.

»Ermordet?«, fragte auch der Dicke und klang, als wundere ihn das nicht im Geringsten. Er drehte sich zu Karl und Evi um. »Wenn Sie jetzt bitte in der Küche warten würden.«

Karl sah ihn empört an. »Aber ...«

»Bitte«, unterbrach ihn der dicke Polizist. Noch ehe Karl etwas erwidern konnte, schloss er die Tür. Dann sah er wieder Isa an. »Wann wurde er ermordet?«

»Gestern ... gestern Abend.«

»Wo?«

»Im Spieleland ...«

»Dem *Kinder-Spiele-Tobe-Land*?«, hakte der junge Polizist nach. »Hier in Tempelhof?«

Der Dicke schüttelte den Kopf. »Nein, wir wissen nichts von zwei Morden gestern Abend in Tempelhof.«

»Stimmt«, pflichtete ihm sein Kollege bei, »allerdings haben wir auch heute Morgen erst unsere Schicht angetreten.«

»Trotzdem hätten wir davon erfahren«, widersprach der Dicke.

Sein Kollege griff zum Handy. »Moment, ich frage auf dem Revier nach.« Er wählte eine Nummer, wartete kurz. »Wurden gestern Abend zwei hundertzehn im Tempelhofer *Kinder-Spiele-Tobe-Land* gemeldet? Nicht? Wie? Nur eine Obdachlose. Wo? Im Viktoriapark, aha. Sonst nichts? Okay.« Er legte auf. »Nein, da ist gestern Abend nichts passiert.«

Der Dicke grunzte, als habe er nichts Anderes erwartet. Isa dagegen traute ihren Ohren nicht.

»Hast du wieder Drogen genommen?«

»Nein!«

»Hast dabei einfach vergessen ...«

»*Nein, nein!*«

»... dass noch der kleine Junge da ist und dann war's plötzlich zu spät.«

»Aber ich hab's mit eigenen Augen gesehen!«

»Das hätte aber ...«

»*Sie müssen mir glauben!*«, fuhr Isa auf.

Der Dicke wollte etwas erwidern.

»Also«, kam ihm sein junger Kollege zuvor, »wenn es stimmt, was du sagst, müssen es doch auch noch andere Leute mitbekommen haben.«

»Nein, das ...«

»Das Spieleland ist ein Indoor-Spielplatz. Da ist sonntags die Hölle los.«

»Aber es ... es war schon Feierabend, wir waren auf dem Heimweg und Lukas ... Lukas ist einfach zurückgelaufen.«

»Wie?«, warf Karl ein. »Einfach zurückgelaufen? Vorhin sagtest du noch, ihr hattet etwas vergessen?«

Isa schwieg.

»Was denn nun?«, brummte der dicke Beamte.

»Ich ... ich ...« Isas Stimme erlahmte. Sie bekam die Lüge nicht über die Lippen.

Die Polizisten sahen sie aufmerksam an.

Das ist deine Schuld!

Sie nagte an ihrer Unterlippe. »Ich hatte ihn nur kurz aus den Augen verloren.«

»Nur kurz?«

»Er ist zum Spieleland zurückgelaufen.«

»Aber das hatte doch schon Feierabend«, gab der junge Polizist zu bedenken.

»Ja, aber ... aber die Tür war offen, er lief rein und ... da war dieser Mann, er ... er hatte die Frau erstochen, und als er Lukas sah, da hat er ... da hat er ...«

»Und es gibt niemanden sonst, der das gesehen hat?« Der Dicke neigte skeptisch den Kopf.

Isa verneinte.

Die beiden Beamten tauschten einen skeptischen Blick.

»Es ist wirklich passiert«, stieß sie verzweifelt hervor. »Er wurde ermordet!«

»Du ...«

»Er hat ihn einfach umgebracht.«

»Du solltest ...«

»*Bitte, Sie müssen mir glauben!*«

Der dicke Polizist setzte zu einer Antwort an.

»Vielleicht sehen wir uns vor Ort einmal um«, schlug sein Kollege vor.

Der Dicke schnaufte unwillig.

»Wir sollten es zumindest nicht ignorieren.«

Achselzuckend stapfte der Dicke in den Flur. »Fahren wir!«

SECHZEHN

Sydow schwieg, während sie sich durch die Stadt quälten. Immer wieder geriet der Berufsverkehr ins Stocken. Kurz vor Pankow staute er sich endgültig. Auch Catja verlor kein weiteres Wort. Brauchte sie auch nicht, denn in der Mittelkonsole lagen die *Airwaves strong*. Die Botschaft war unmissverständlich.

Allerdings war sich Sydow nicht sicher, ob diese nur ein Ausdruck der Sorge war, ein Vorwurf oder ... Was auch immer, es verärgerte ihn, denn schlussendlich blieb es immer noch seine eigene Entscheidung, was er tat – und in welchem Ausmaß.

Wieder sind die Beine schwer, ich finde keinen Ausweg mehr.

Das Schweigen dehnte die Fahrt zu einer gefühlten Ewigkeit, und Sydow war froh, als sie endlich die Stubnitzstraße erreichten.

Schmucklose Wohnblöcke reihten sich aneinander, vier Etagen, Balkone aus Backstein – Gespenster der Sechziger. An diesem Eindruck vermochte auch die gelbgetünchte Fassade nichts ändern.

In der Hausnummer 18 lebten sechzehn Mietparteien. Auf einem der Klingelschilder stand *Finke/Seidel.*

Auf ihr Läuten hin meldete sich eine piepsige Kinderstimme. »Hallo?«

»*Huhuhuhuhu*«, jaulte ein weiteres Kind.

»Hier ist die Polizei«, sagte Catja.

»Hallo?«

»Ist dein Vater zu Hause?«

»Hallo?«, piepste das Kind.

»*Huhuhuhuhu!*«, heulte das andere.

»Holst du ihn bitte mal an die Tür?«

»Hallo?«

»Deinen Vater, *bitte!*«, herrschte Sydow in die Gegensprechanlage.

»*Mama!*« Das Kind heulte los, es knallte, dann entfernten sich Schritte.

»*Huhuhuhuhu!*«, war nur noch zu hören.

Mit vorwurfsvoller Miene drehte sich Catja um.

»Hören Sie mal«, tönte eine Frau aus dem Lautsprecher, »müssen Sie meine Tochter so anschnauzen?«

»Entschuldigung«, sagte Catja, »wir möchten ...«

»Wer ist denn da überhaupt?«

»*Huhuhuhuhu!*«, machte das Kind.

»Kriminalpolizei. Wir möchten ...«

»*Verflixt, Adrian!*«, schnauzte die Frau, »*kannst du bitte mit dem Gejaule aufhören, während die Mama hier redet?*« Das Heulen erstarb. »Wer, sagten Sie, sind Sie?«

»Kriminalpolizei«, sagte Catja. »Wir möchten mit Herrn Seidel sprechen. Er wohnt doch hier, oder?«

»Ja, aber ...«

»Ist er zu Hause?«

»Worum geht es denn?«

»Das würden wir gerne mit ihm persönlich besprechen.«

Es dauerte einen Augenblick, bis der Summer ertönte.

Das Treppenhaus war ähnlich schmucklos, die Stufen abgenutzt, die Wände zerschrammt, zerkratzt, stellenweise bis auf den Putz löchrig.

In der dritten Etage wartete eine Frau Anfang vierzig, ein schwarzer Bob, ein knielanges Blümchenkleid, darunter eine Leggins. Auf ihrem Arm kauerte ein kleines, verheultes Mädchen.

Im Flur hinter den beiden tobte ein Junge mit einem Modellflugzeug. *»Huhuhuhuhu.«*

»Kriminalkommissarin Preußer«, Catja zeigte ihre Dienstmarke, »und das ist mein Kollege, Kriminalhauptkommissar Sydow. Und Sie sind Frau Finke? Sie leben mit Herrn Seidel zusammen?«

»Ja, ich ...«

»Huhuhuhuhu.«

»Herrje, Adrian«, ein Mann trat aus dem Badezimmer, knapp über fünfzig, untersetzt, Halbglatze, die restlichen ergraut, der Zweireiher längst aus der Mode, *»ist jetzt endlich mal ...«* Seine Stimme erlahmte. »Oh, es hat geklingelt?«

»Herr Seidel?«, fragte Catja.

Seidels Miene verfinsterte sich. »Wir kaufen nichts, brauchen keine Versicherung und ...«

»Das ist die Polizei«, fiel ihm seine Freundin ins Wort.

»Ach herrje, hat sich die Nachbarin von gegenüber wieder über den Kinderlärm beschwert?«

»Es geht um Ihre Frau«, sagte Catja. »Agnes Seidel.«

Seidel ächzte. »Ist sie wieder bei einem Diebstahl erwischt worden?«

»Dürfen wir hereinkommen?«

»Also, eigentlich muss ich gleich zur Arbeit und ...«

»Es ist wichtig.«

Seidels Blick zuckte zu seiner Freundin.

»*Ich*«, presste diese säuerlich hervor, »mach die beiden dann mal für die Kita fertig.« Ohne ein weiteres Wort verschwand sie mit den Kindern in die Küche.

»Meinetwegen«, seufzend schritt Seidel voraus durch die Diele, »ein paar Minuten dürfte ich noch haben.«

Das Wohnzimmer, in das er Sydow und Catja führte, schien durch die Eichenfurnier-Einbauschrankwand und die abgewetzte, durchgesessene Couchgarnitur ebenfalls das Relikt einer vergangenen Epoche. Einzig der Flat-TV an der Wand war neueren Datums – und das Kinderspielzeug, das auf dem Teppich wild verstreut lag.

»Obwohl«, Seidel bahnte sich einen Weg durch das Chaos, »ich wüsste nicht, wie ich Ihnen weiterhelfen kann. Seit Agnes ausgezogen ist, haben wir, also ... wir haben nur noch selten Kontakt.«

»Aber Sie *haben* noch Kontakt«, stellte Sydow klar.

»Ja«, Seidel blickte in den Flur, »ab und zu.« Er setzte sich auf eines der Sofas.

Catja ließ sich ihm gegenüber nieder. »Sie leben getrennt?«

»Seit zwei Jahren.«

»Was war der Grund für die Trennung?«

»Also«, Seidel atmete durch, »es war nicht einfach mit ihr, den wiederkehrenden Depressionen, den Tabletten, Stimmungswechseln, später noch dem Alkohol, und irgendwann …«

»… haben Sie sie auf die Straße gesetzt«, sagte Sydow, der im Türrahmen stehengeblieben war.

»Nein«, empört drehte sich Seidel zu ihm um, »nein.«

»Und wie lange sind Sie schon mit Frau Finke zusammen?«

Irritiert über den abrupten Themenwechsel runzelte Seidel die Stirn. Kurz darauf schien er die Frage zu begreifen. »Herrje, nein«, er schüttelte entrüstet den Kopf, »nein, so … so war das nicht.«

»Und wie war es dann?«, fragte Sydow.

»Es … es war ihr egal.«

»Und Ihnen war sie auch egal!«

»Nein«, wieder fuhr Seidel aufgebracht auf, »nein, glauben Sie, das alles ist mir damals leichtgefallen? Nein, ganz sicher nicht. Wir waren elf

Jahre verheiratet, sowas wirft man nicht einfach weg, aber am Ende ...«

Sydows Telefon klingelte.

Es war Tom. Sydow drückte den Anruf weg.

»Aber am Ende?«, hakte Catja nach.

»Konnte ich ihr nicht mehr helfen«, erwiderte Seidel, »herrje, sie *wollte* sich nicht mehr helfen lassen. Und hat sich für ... für diesen Weg entschieden.«

»Die Straße?«

»Ich habe ihr noch gesagt, sie müsse das nicht tun, also, auf der Straße leben, ich könne ihr für eine Weile, also, zumindest für den Anfang, eine Wohnung besorgen, nichts Großes, aber ... aber auch das hat sie nicht gewollt.«

»Wieso nicht?«

»Sie meinte, sie wolle keine Almosen, nicht von mir.«

»Also war es ihr doch nicht ganz egal«, warf Sydow ein.

Zornig richtete sich Seidel auf. »Was hätte ich denn tun sollen? Ich habe das alles nicht mehr ertragen, also, jeden Tag aufs Neue diese ... diese Negativität, dazu ständig Streitigkeiten, dann noch die Trinkerei, es war so ... so anstrengend, so zermürbend, außerdem ...«

»... hatten Sie längst jemand Neues kennengelernt!«

»Herrje, nein, ich sagte doch, das war ...« Seidel hielt inne. »Sagen Sie mal, was sollen all diese Fragen eigentlich?«

»Herr Seidel«, sagte Catja, »Ihre Frau ist tot.«

Für Sekunden erfasste betroffene Stille das Wohnzimmer.

Seidels Blick ging zum Fenster hinaus.

Der wolkenverhangene Himmel war düster und deprimierend.

»Also ...«, Seidels Stimme war nur ein Flüstern, »... irgendwie habe ich mit dieser Nachricht gerechnet.«

»Sie wurde ermordet«, sagte Catja.

»Ermordet? Herrje ...«

»Wo waren Sie gestern Abend zwischen neunzehn und einundzwanzig Uhr?«

»Ich, also ... denken Sie etwa ...«

»Er war zu Hause«, unvermittelt tauchte Seidels Freundin hinter Sydow auf, »hier bei uns, bei seiner Familie.«

Seidel bestätigte das mit einem Kopfnicken.

»Wir hatten Besuch«, sie zwängte sich an Sydow vorbei ins Wohnzimmer, »gute Freunde mit ihren Kindern. Gegen halb elf sind sie gefahren. Brauchen Sie ihre Adressen?«

»Ja, bitte«, sagte Catja.

»Und wie ... wie ist das passiert?«, fragte Seidel.

»Das versuchen wir herauszufinden.«

»Aber wie ... also, wie kann ich Ihnen da helfen?«

»Wann hatten Sie zuletzt Kontakt zu Ihrer Frau?«

»Wie gesagt«, verstohlen warf Seidel seiner Freundin einen Blick zu, »eigentlich ... eigentlich hatten wir gar keinen Kontakt mehr.«

»Ab und zu«, bemerkte Sydow.

»Wie bitte?«

»Sie sagten, *ab und zu* hätten Sie noch Kontakt zu ihr.«

»Also ...«

»Wann war das letzte Mal?«

Wieder blickte Seidel zu seiner Freundin. »Letzte Woche.«

Die schaute ihn verdattert an. »Davon hast du nichts gesagt!«

»Herrje«, verzweifelt hob er die Hände, »sie stand abends vor meiner Firma und ... und was hätte ich denn tun sollen? Sie fortschicken? Ich habe ihr halt manchmal noch geholfen.«

»Ich dachte, sie wollte Ihre Hilfe nicht«, sagte Sydow.

»Was heißt Hilfe?« Seidel wackelte verzagt mit dem Kopf. »Manchmal brauchte sie etwas Geld und ...«

»Das sie gleich wieder für Fusel rausgeschmissen hat!«, zischte seine Freundin. »Ich hab dir immer gesagt, sie nutzt nur dein schlechtes Gewissen aus!«

Seidel presste die Lippen aufeinander.

»Hat sie Ihnen irgendetwas Ungewöhnliches erzählt?«, fragte Catja.

»Ungewöhnliches?«

»Hatte sie Streit mit jemandem?«

»Nein, sie war doch, also ...« Seidel stockte. »Obwohl, doch, jetzt, wo Sie danach fragen, einmal hat sie einen Streit erwähnt. Und jemanden, der ihr ständig Sachen geklaut hat.«

»Hat sie einen Namen erwähnt?«

»Einen gewissen, Moment, lassen Sie mich überlegen ... Herrje, einen ... Stanislaus. Ja, genau, Stanislaus.«

»Und weiter?«

»Nur das. Stanislaus. Sie war wütend auf ihn und ...«

Erneut klingelte Sydows Handy.

Wieder war es Tom. Diesmal nahm Sydow den Anruf entgegen. »Was ist?«

»Wir haben einen weiteren Obdachlosen im Park gefunden. Seinen Aussagen zufolge hatte das Opfer wiederholt Streit mit einem gewissen ...«

»... Stanislaus«, vollendete Sydow den Satz.

»Ja«, sagte Tom überrascht. »Woher weißt du das?«

»Wir sind auf dem Weg zu euch.«

SIEBZEHN

Isa kauerte auf der Rückbank des Streifenwagens.

Noch immer trug sie das zerrissene Kleid. Als sie es, kurz vor der Abfahrt, gegen frische Klamotten hatte wechseln wollen, hatte der dicke Polizist ihr das untersagt. Nicht einmal das verheulte Gesicht oder die Hände durfte sie sich waschen.

An jeder Kreuzung, vor der sie jetzt hielten, glaubte sie die Blicke zu spüren, mit denen die Passanten sie beäugten – neugierig, verächtlich, abgestoßen.

Sie kam sich vor wie eine Verbrecherin.

Dass ihre Mutter mit frostigem Schweigen neben ihr saß, machte das Gefühl kaum erträglicher.

»Also«, als wisse er um ihr Befinden, drehte sich der dicke Polizist auf dem Beifahrersitz zu ihr um, »du warst gestern Nachmittag im *Kinder-Spiele-Tobe-Land*, habe ich das richtig verstanden?«

Seine Frage überraschte Isa. Sie hatte es ihm und den anderen doch bereits mehrfach erklärt. Was gab es daran nicht zu verstehen?

»Mit dem kleinen Lukas?«

Sie deutete ein Kopfnicken an.

»Und dann?«

Irritiert sah sie ihn an. *Und dann – was?* Auch *das* hatte sie wiederholt erzählt. Was genau wollte er hören?

»Wann habt ihr das Spieleland verlassen?«, fragte er.

Sie knabberte auf ihrer Unterlippe. »Kurz nach ... nach sechs.«

»Und sonst war wirklich niemand mehr da?«

»Ich glaub, nur die Angestellten noch.«

»Du glaubst?«

»Ich hab nicht drauf geachtet.«

»Denk nochmal nach!«

Nur widerwillig rief sie sich den gestrigen Abend in Erinnerung, als sie das Spieleland verlassen hatte. Lukas, aufgedreht wie immer, war vorausgeflitzt, sie hatte mit Sam Händchen gehalten.

Kommst du mit in den Park? Und hinterher zu mir?

Isa spürte den prüfenden Blick des Polizisten. Auch ihre Mutter sah sie erwartungsvoll an.

Sie schluckte.

Gestern Abend hatte sie an vieles gedacht, vergnügt und voller Sehnsucht, aber –

»Da wären wir«, sagte der junge Polizist und steuerte den Wagen in den Tempelhofer Berg.

In der Zufahrt zum Spieleland blieb er stehen.

Die Schranke war heruntergelassen, dementsprechend kein Auto auf dem Parkplatz abgestellt.

Wortlos stemmte sich der Polizist ins Freie und stapfte zum Eingang.

Er rüttelte an der Tür, die verschlossen war. Mit den Händen schirmte er die Augen ab und spähte durch die Scheibe ins Gebäude.

»Also«, erneut drehte sich sein dicker Kollege zu Isa um, »wie war das gestern Abend, als ihr das Spieleland verlassen habt? Ist dir irgendetwas aufgefallen?«

Nein, wollte Isa ihn anschnauzen, *nein verdammt!*

»Nein«, sie zwang sich zur Beherrschung, »ich ... ich weiß nicht, ich hab nicht drauf geachtet, nur auf ... auf Lukas.«

»Aber eben nicht die ganze Zeit«, erinnerte der Polizist.

Das ist deine Schuld!

Beschämt senkte Isa den Kopf. Wieder biss sie sich auf die Lippen.

»Warum eigentlich nicht?«, hörte sie den Polizisten fragen.

Sie hob den Blick. Etwas an seinem Tonfall gefiel ihr nicht. »Das hab ich doch schon gesagt, ich hatte ihn aus den Augen verloren.«

»Richtig, aber nicht *warum!*«

»Ich ... ich habe telefoniert.«

»Mit wem?«

»Meiner Mutter.«

»Mit mir?«, fragte ihre Mutter verwundert.

»Deiner Mutter?«, wiederholte der Polizist. »Tatsächlich?«

Isa starrte ihn verdattert an. Was zur Hölle bezweckte er mit all diesen Fragen? Glaubte er ihr noch immer kein Wort? Wollte er, dass sie sich –

»Also«, die Fahrertür ging auf und sein junger Kollege fiel hinters Steuer, »wie war das? Wo sollen die Morde passiert sein?«

»Da ...«, Isa deutete auf den Eingang des Spielelands, »da drinnen, das hab ich doch gesagt.«

»Ja, aber wo genau?«

»Im ... im Kassenraum.«

»Da ist nichts zu sehen.«

»Aber ...«

»Nichts und niemand. Nicht einmal Blut.«

»Das ... das ...«, Isas Unbehagen wuchs, »das kann nicht wahr sein.«

»Ist es aber.«

»Isabell«, ihre Mutter seufzte, »warum sagst du nicht einfach endlich ...«

»Ich lüge nicht!«, fiel Isa ihr ins Wort.

Der dicke Polizist grunzte. »Also ...«

»Es ist wirklich passiert!«

»Nun ...«

»*Gestern Abend! Da drinnen! Ich schwöre!*«

»Ich denke ...«

»Moment.« Der junge Polizist zückte sein Handy, wollte erneut aussteigen.

»Was hast du vor?«

»Ich versuche den Betreiber zu ermitteln.« Er trat ins Freie, telefonierte eine Weile, dann lehnte er sich an die Schranke und wartete.

Eine gefühlte Ewigkeit geschah nichts.

Isas Unbehagen wurde unerträglich. Sie sah sich schon, abgeführt in Handschellen, in einer Zelle, für den Rest ihres Lebens und –

Unvermittelt fuhr ein alter, beigefarbener Mercedes vor.

Der junge Polizist wechselte einige Worte mit dem Fahrer, der erst genervt, dann verwirrt wirkte. Schließlich ließ er die Schranke hoch, kurvte auf den Parkplatz und entriegelte die Eingangstür zum Spieleland.

Der Polizist betrat das Gebäude, warf einen Blick hinter den Kassentresen, dann sah er zum Streifenwagen und schüttelte den Kopf.

Das kann nicht sein!, wollte Isa losschreien.

Da hielt der Polizist plötzlich inne, runzelte die Stirn, blickte sich mehrfach um, verschwand tiefer ins Gebäude, bevor er zurückkehrte und seinem Kollegen winkte.

Schnaufend stemmte sich der Dicke aus dem Wagen.

Bevor er die Tür zuschlug, sah er noch einmal zu Isa. »Du wartest hier!«

ACHTZEHN

Sydow spürte Catjas Verärgerung.

Doch erneut sagte sie keinen Ton, drehte stattdessen das Radio auf.

Ich könnt dich heut noch dafür prügeln, sang Michelle, *weil du es einfach nicht kapierst.*

Der Berufsverkehr hatte sich gelichtet, trotzdem war es Mittag, als sie endlich den Viktoriapark erreichten. Dicke, graue Wolken ballten sich am Himmel. Nur wenige Spaziergänger waren unterwegs, eine alte Dame mit Pudel, vereinzelte Jogger, zwei Mütter mit Kinderwagen.

Der Tatort war zwischenzeitlich geräumt, die Spurensicherung verschwunden, mit ihr die Markierungen, das Flatterband und die Streifenwagen. Selbst von Tom war weit und breit nichts zu sehen.

Einzig zwei Schutzpolizeibeamte harrten mit sichtlich müder Miene aus, auf einer Parkbank zwischen ihnen die drei grimmigen, verwahrlosten Greise von gestern Abend.

Verwundert sah sich Catja um. »Wo ist unser Kollege?«

»Wer?«, brummte einer der beiden.

»Äh, Kriminaloberkommissar von Heist.«

»Ach der, der wurde angerufen.«

»Von wem?«

»Hat er nicht gesagt«, der Beamte gähnte, »nur dass wir Ihnen sagen sollen, Sie müssen mit denen da reden.« Mit einem Kopfnicken wies er auf das vergrätzte Trio.

Sydow musterte die Männer. »Heißt einer von Ihnen Stanislaus?«

»Ick nich'«, sagte der bucklige Greis.

»Ick och nich'«, der Graukopf.

»Außerdem«, fügte der Bucklige hinzu, »haben Se jestern doch schon mit ihm jesprochen.«

»Mit Stanislaus?«, fragte Catja.

»Koffi.«

»Äh, Koffi?«

»Ja«, der bucklige Greis nickte, »Stanislaus Kovacezk.«

»Verdammt!« Catjas Blick raste zu dem Schneeblütenstrauch, wo aber außer der alten Luftmatratze und einer Mülltüte nichts mehr zu sehen war. »Wo ist er?«

»Nich' hier.«

»Das sehen wir selbst«, sagte Sydow. »Aber *wo* ist er hin?«

Der Bucklige zuckte mit den Achseln. »Weiß nich'.«

Fragend sah Sydow die beiden anderen Männer an. Sie schüttelten die Köpfe.

»Hatte Agnes Seidel Streit mit ihm?« fragte Catja.

»Koffi hat immer Streit jehabt«, sagte der bucklige Greis.

»Mit jedem«, fügte der Graukopf hinzu.

»Was heißt das?«

»Hat ständig an allem rumjemacht ...«

»Rumgemacht?«

»... wollt ihre Sachen, hat se verscherbelt.«

»Zum Beispiel eine Kette?«

»Klar, aber ... wer hat schon 'ne Kette von uns? 'Ne kostbare?«

»Agnes Seidel zu Beispiel?«

»Woher soll ick dit wissen?« Der Bucklige schnaubte. »Ick weeß nur: Wir hab'n nichts, was zu klauen lohnt.«

Seine beiden Kumpels nickten beifällig.

»Warum haben Sie uns das nicht gestern schon erzählt?«, fragte Sydow.

»Se haben ja nich' danach jefragt.«

»*Echt jetzt?*«

Wieder hob der bucklige Greis die Schultern.

Mühsam widerstand Sydow dem Drang zu fluchen.

Catja schien es ähnlich zu ergehen. »Hat *er* Agnes Seidel umgebracht?«

»Glob ick nich'.«

»Ach«, stieß Sydow hervor, »glauben Sie nicht. Und wieso?«

»Koffi mag 'n Mistkerl sein, aber keen Mörder.«

»Trotzdem ist er jetzt verschwunden.«

»Muss ja nüscht heißen.«

»Und seit wann genau ist er weg?«

»Gleich, nachdem Se jestern mit ihm jesprochen haben.«

Mit einem entnervten Seufzer stapfte Sydow zum Audi. Er nahm sein Handy und wählte Toms Nummer. »Max«, meldete sich der, »ihr müsst ...«

»*Du* musst einen gewissen Stanislaus Kovaczek überprüfen.«

»Klar, aber ...«

»Anscheinend hatte er wiederholt Streit mit Agnes Seidel.«

»Weiß ich doch, ich ...«

»Möglicherweise hat *er* sie auch ermordet.«

»Gut möglich«, sagte Tom, »allerdings ...«

»... hat er sich vermutlich in sein Heimatland abgesetzt«, vollendete Sydow seinen Satz. »Also lass ihn bitte zur Fahndung ausschreiben.«

»Das ist alles?«

»Damit sind wir schon ein ganzes Stück weiter als gestern Abend, meinst du nicht auch?«

»Nein«, ächzte Tom, »was ich meinte: Kann ich jetzt bitte ausreden?«

Sydow setzte sich in den Wagen.

»Ich befinde mich gerade im *Kinder-Spiele-Tobe-Land* ...«

»Wo bitte?«

»... einem Indoor-Spielplatz am Tempelhofer Berg, nur wenige Straßenblöcke entfernt.«

»Hat das mit unserem Fall zu tun?«

»Nein.«

»Sondern?« Sydow wartete darauf, dass sein Kollege weitersprach.

»Etwas ist komisch hier«, sagte Tom. »Am besten, ihr schaut euch das selbst mal an.«

NEUNZEHN

Unvermittelt lachte Isa los.

»*Isa!*«, zischte ihre Mutter.

Sie kämpfte gegen den verrückten Impuls, aber das machte alles nur schlimmer. Ihr Glucksen klang tatsächlich wie das einer Irren.

»*Findest du das etwa witzig?*«

Noch immer lachend schüttelte Isa den Kopf. Nein, sie fand gar nichts witzig, ganz im Gegenteil, trotzdem – *Du wartest hier!* Wohin, bitte schön, hätte sie noch gehen können? Sie hockte auf der Rückbank eines Streifenwagens, eingesperrt wie ... ja, wie? *Wie eine Mörderin!*

Ihr Lachen erstarb, wich einem Schluchzen. Wieder stiegen Tränen in ihr auf.

Natürlich, *sie* hatte nicht richtig auf Lukas aufgepasst, sodass er zurückgelaufen war. Aber es war nicht *sie* gewesen, die ihn ermordet hatte.

»Was ist das?«, fragte ihre Mutter, die zum Heckfenster hinaussah.

Isa folgte ihrem Blick. Durch den Tränenschleier sah sie einen Transporter, der hinter ihnen zum Stehen kam.

Spurensicherung, stand auf der Motorhaube.

Der junge Polizist eilte herbei und schwang sich hinter das Steuer des Streifenwagens.

»Was hat das zu bedeuten?«, wollte Isas Mutter wissen.

Schweigend fuhr der Beamte den Wagen über den Parkplatz bis vor den Eingang des Indoor-Spielplatzes. Sofort sprang er wieder ins Freie und winkte den Transporter heran. Frauen und Männer stiegen aus, zwängten sich in weiße Overalls und verschwanden mit Koffern im Gebäude.

Kurz darauf tauchte ein weiterer Streifenwagen auf, blieb in der Zufahrt stehen. Mit Flatterband sperrten die Beamten den Parkplatz ab.

Für eine ganze Weile geschah nichts mehr. Trotzdem stieg in Isa Hoffnung auf. Was immer die Beamten drinnen im Spieleland taten, offenbar hatten sie etwas gefunden. Vielleicht würden sie ihr jetzt endlich Glauben schenken.

Irgendwann fuhr ein Zivilfahrzeug vor, dem ein junger Mann in Anzug entstieg, groß, schlank, mit gescheiteltem Haar, gestutztem Vollbart, der typische Hipster aus Mitte.

Er wechselte einige Worte mit dem jungen Polizisten, der auf Isa zeigte. Dann zog er ebenfalls einen Overall an und lief ins Gebäude.

Eine gefühlte Ewigkeit blieb er verschwunden.

Bis er irgendwann zurückkam und sich einen längeren Wortwechsel mit einer Frau in Plastikanzug lieferte.

Dann streifte er den Overall ab, kam zum Streifenwagen und öffnete die Hintertür.

Isas Mutter setzte zu einer Begrüßung an.

»Frau Beckmann?«, kam ihr der Mann zuvor. »Ich möchte mit Ihrer Tochter reden.«

»Aber ...«

»Ich bin Kriminaloberkommissar von Heist, darf ich dir kurz einige Fragen stellen, Isa?«

Isa nickte.

»Du hast meinen Kollegen gegenüber ausgesagt, du hättest gestern Abend zwei Morde beobachtet, richtig?«

Erneut nickte sie.

»Wann ungefähr?«

»Das«, schimpfte Isas Mutter, »das hat sie doch schon alles …«

»Frau Beckmann, bitte«, schnitt ihr der Kommissar das Wort ab. Er wandte sich wieder an Isa. »Wann hast du die Morde beobachtet?«

»Gegen halb sieben.«

»Kennst du das andere Opfer, die Frau?«

»Nein, ich …«

»Hattest du …« Der Kommissar hielt inne, als ein weiterer Wagen in die Zufahrt bog. »Einen Moment bitte, da kommen meine Kollegen.«

Schon eilte er davon.

ZWANZIG

Sydow stieg aus dem Audi.

»Max«, Tom eilte ihm entgegen, »gut, dass du da bist.«

»Was ist denn los?«, fragte Catja.

»Na ja«, Tom rieb sich den Bart, »um ehrlich zu sein, das ist noch nicht ganz klar.«

»Trotzdem mächtig viel Aufwand«, sagte Sydow mit einem Blick auf die Schutzpolizeibeamten, die den Parkplatz abgeriegelt hatten. Zwei Streifenwagen standen dort, außerdem der Transporter der Spurensicherung.

Deren Leiterin, Dr. Bodde, trug tiefe Sorgenfalten zur Schau. Mit einer knappen Geste gab sie Sydow zu erkennen, dass sie ihm später Rede und Antwort stehen würde. Dann zog sie sich den Reißverschluss des Einwegoveralls bis zum Kinn und mischte sich unter ihre Mitarbeiter, die den Eingangsbereich einer alten, verwitterten Fabrikhalle untersuchten.

Kinder-Spiele-Tobe-Land, verkündete ein buntes Schild an der Fassade. *Indoor-Spielplatz.*

»Dort drinnen«, sagte Tom, »sollen nach Aussage dieses Mädchens«, er deutete auf einen bleichen, erschöpften Teenager, der unter der Obhut zweier Schutzpolizeibeamter in einem der Streifenwagen saß, »gestern Abend so gegen achtzehn Uhr dreißig zwei Morde geschehen sein. Angebliche Opfer sind der dreijährige Lukas Löschner, auf den sie aufpassen sollte, außerdem eine junge Frau.«

»Wo liegt das Problem?«, fragte Catja.

Tom atmete durch. »Es gibt dort drinnen keinen Tatort, keine Leichen, nicht einmal sichtbares Blut.«

»Trotzdem dieser Aufwand.«

»Weil der Junge tatsächlich verschwunden ist.«

»Das heißt aber nicht, dass er dort ermordet wurde«, sagte Catja. »Vielleicht ist er ...«

»Ja, vielleicht«, schnitt Tom ihr das Wort ab.

Sydows Blick fand zurück zu dem Mädchen. »Was wissen wir über die Zeugin?«

»Ihr Name ist Isabell Beckmann, sechzehn Jahre, lebt mit ihrer Mutter in der Solmsstraße 48, etwa eineinhalb Kilometer von hier. Sie ist uns nicht ganz unbekannt, Diebstahl, Drogen, einmal ist sie von zu Hause ausgerissen, das übliche.«

»Trotzdem haben sie die Eltern ihren Jungen babysitten lassen?«

»Es sind Nachbarn, gute Bekannte.«

Wenig überzeugt stieß Sydow ein Grummeln aus.

»Was ist mit dem zweiten Opfer, dieser jungen Frau?«, fragte Catja.

»Nun«, erneut holte Tom tief Luft, »zur Stunde haben wir keine Ahnung, wer sie sein soll.«

»Das Mädchen weiß nicht, wer sie ist?«

»Anscheinend nicht.«

»Das heißt, eigentlich haben wir ...«

»... nichts«, sagte Tom. »*Gar nichts.*«

Verwundert wollte Catja etwas erwidern.

»Und genau *das* ist das Problem«, kam Tom ihr zuvor. »Die Kriminaltechniker haben dort drinnen«, er wies in das alte Fabrikgebäude, »tatsächlich nichts gefunden, absolut keine Spuren.«

»Äh«, machte Catja, »das ...«

»*Keinerlei* Spuren«, fiel Tom ihr ins Wort. »*Absolut keinerlei Spuren*, versteht ihr?«

Irritiert sah sie ihn an.

Auch Sydow war sich nicht sicher, ob er richtig verstand.

»*Dort drinnen*«, abermals deutete Tom in das Gebäude, »sind gestern noch hunderte Kinder mit ihren Eltern durchmarschiert.«

Catja schnaubte. »Du willst behaupten ...«

»Richtig, im kompletten Eingangsbereich und dem Kassenraum gibt es, wenn ich die Kriminaltechniker richtig verstanden habe, tatsächlich *nicht eine einzige* Spur*,* also, nicht nur keine Blutspur, auch nicht unter Luminol, oder einen anderen Hinweis auf ein Verbrechen, sondern auch keine Fingerabdrücke, keine Haare, keine Fasern, keine Schuppen, keine Kekskrümel, keine Chipsreste, keine Popel, nichts. Gar nichts.«

»Unmöglich!«, sagte Sydow.

»Was ist mit einer Reinigungsfirma?«, fragte Catja. »Die gibt es doch sicherlich.«

»Klar«, Tom verzog das Gesicht, »eine türkische Firma, *Öger Clean,* deren Damen jeden Abend nach Ladenschluss durchwischen und -saugen. Aber zum einen waren sie am gestrigen Sonntagabend nicht im Dienst, weil montags das Spiele-Tobe-Land geschlossen hat, weshalb sie üblicherweise erst am Montagabend kommen.«

»Und zum anderen?«

»Selbst wenn die türkischen Damen sich gut auf ihren Job verstehen – glaubst du ernsthaft, sie würden, ach was, sie *könnten* eine derart gründliche Reinigung vornehmen?«

Sydow spähte in das Gebäude. »Gibt es Sicherheitskameras?«

»Ja« sagte Tom, »eine, im Eingangsbereich vor der Kasse, seit es vor einiger Zeit mal einen Raubüberfall gab. Kurz bevor ihr gekommen seid, wollte ich mir die Aufzeichnungen von gestern ...«

»*Lassen Sie uns durch!*«, schrie eine Stimme von der Straße.

Vor der Parkplatzeinfahrt versuchte sich ein junges Paar verzweifelt an den Schutzpolizeibeamten vorbeizudrängen.

»Wahrscheinlich die Eltern des kleinen Jungen«, sagte Tom.

»*Verdammt, wo ist Lukas?*«

Einer der Uniformierten sprach beruhigend auf die Eltern ein.

»*Haben Sie unseren Sohn gefunden?*«

»Tom«, sagte Sydow, »kümmere du dich bitte um einen Notfallbetreuer für die Eltern. Danach schaust du dir die Kameraaufzeichnungen an.«

»Willst du in der Zwischenzeit mit dem Mädchen reden?«

»Mit wem denn sonst?«

EINUNDZWANZIG

Isas Kehle war wie zugeschnürt, als sie die Schreie von Lukas' Eltern hörte. Die Verzweiflung darin war nur schwer zu ertragen.

Das ist deine Schuld!

Isa konzentrierte sich auf die junge Frau, die sich entschlossenen Schrittes dem Streifenwagen näherte. Ihr folgte ein Mann, ergraut, in Jeans und Lederjacke. Seine grimmige Miene nährte Isas Unbehagen noch mehr.

Dann öffnete die Frau die Hintertür. »Ich bin Kriminalkommissarin Preußer«, stellte sie sich mit der Andeutung eines freundlichen Lächelns vor, »und das ist mein Kollege, Kriminalhauptkommissar Sydow.«

»Was ist denn jetzt eigentlich los?«, fragte Isas Mutter. »Kann uns endlich jemand sagen, was da drinnen passiert ist?«

»Frau Beckmann, dazu können wir im Augenblick noch nichts sagen. Aber wir haben einige Fragen.«

»Ständig stellen Sie nur Fragen, aber ...«

»Frau Beckmann, bitte.«

Isas Mutter stieß ein Seufzen aus.

Die Kommissarin lächelte nachsichtig. Ihr Kollege blickte weiter finster drein.

Isa mied seinen Blick, schaute stattdessen die Kommissarin an.

»Isa«, sagte diese, »du warst also gestern Nachmittag mit dem kleinen Lukas im *Kinder-Spiele-Tobe-Land.*«

Isa nickte. »Ja.«

»Und dort seid ihr den ganzen Nachmittag gewesen.«

»Ja.«

»Alleine?«

»Nein, es ... es waren noch jede Menge anderer Kinder dort, deren Eltern und ...«

»Nein, das meinte ich nicht«, unterbrach die Kommissarin. »Was ich eigentlich wissen wollte: Hat euch noch jemand begleitet?«

»Ich ...« Isa stockte. Sie nagte an ihrer Unterlippe.

Die beiden Beamten sahen sie an, die Kommissarin freundlich, ihr Kollege dagegen unverändert düster, als wisse er ganz genau um die Wahrheit. *Und die Lüge!*

»Sam«, platzte es aus Isa heraus, »Sam war noch dabei.«

»Also doch!«, stieß ihre Mutter hervor. »Ich hab's doch gewusst!«

»Äh, wer ist Sam?«, fragte die Kommissarin.

»Mein ... mein Freund ...«

»Dein Freund!«, seufzte Isas Mutter. »Pah!«

»... aber er war nicht mehr dabei, als ich ... als Lukas ...«

»Verstehe«, sagte die Kommissarin, »aber lass uns bitte der Reihe nach vorgehen, okay? Wann habt ihr das Spieleland verlassen?«

»Kurz vor sechs, aber ... aber Sam ist dann gleich nach Hause.«

»Er hat euch nicht begleitet? Warum nicht?«

Isa zögerte. »Ich wollte das nicht.«

»Wieso?«

»Ich ...« Isas Blick zuckte zu ihrer Mutter. »Ich wollte keinen Ärger.«

Ihre Mutter schnaubte. »Jetzt siehst du, was du davon ...«

»Frau Beckmann, bitte«, schnitt ihr die Kommissarin das Wort ab.

Angesäuert verzog Isas Mutter das Gesicht.

»Isa«, sagte die Kommissarin. »Und was ist dann passiert? Wieso seid ihr noch einmal zum Spieleland zurück?«

»Ich ... ich hab mit meiner Mutter telefoniert und ...« Isa brach ab. Es spielte keine Rolle, wie oft sie es noch erzählen musste, es fiel ihr nicht leichter. »Ich hab kurz nicht aufgepasst, da ist Lukas zurückgelaufen.«

112

»Einfach so?«

»Er wollte dort weiterspielen.«

»Wie Kinder halt so sind.« Wieder lächelte die Kommissarin.

Und für einen Augenblick fühlte sich Isa tatsächlich endlich verstanden. Sie erwiderte sogar das Lächeln. Bis sie die grimmige Miene des Kommissars bemerkte.

Hastig senkte sie den Blick.

»Lukas ist also zurück ins Spieleland«, fuhr die Kommissarin fort.

»Ja«, sagte Isa, »ich bin ihm gefolgt, die Tür war noch auf, er war schon drinnen und ... und er hat gesehen, wie ... wie dieser Mann, wie er die Frau erstochen hat. Dann hat er Lukas mit dem Messer ... er hat ihn einfach umgebracht. Einfach so.«

»Und du?«

»Ich hab mich gerade noch verstecken können, im ... im Spieleland.«

»Aber *du* hast den Mann gesehen?«

»Nur kurz.«

»Kannst du ihn beschreiben?«

»Nein, ich ... alles ging so schnell.«

»Versuch dich bitte zu erinnern.«

»Er ...«, widerstrebend rief sich Isa erneut den gestrigen Abend vor Augen, »er hatte eine Kapuze über dem Kopf, ein schwarzer Kapuzenpulli.«

»Mit Aufdruck?«

»Ich ... ich glaube nicht.«

»Ist er dir vorher schon einmal aufgefallen?«

»Nein, keine Ahnung.«

»Und wie bist du entkommen?«

»Er ... er hat das Gebäude verlassen, da bin ich zur Hintertür raus.«

»Aber der Mann«, ergriff plötzlich der Kommissar das Wort, so scharf, dass Isa erschrak, »er war ganz alleine?«

Sie brauchte einen Augenblick, bis sie sprechen konnte. »Ja.«

»Bist du dir sicher?«

»Ich ... ich hab nur ihn gesehen.«

»Das heißt nicht, dass er ...«

»Max!« Der junge Kommissar trat zu ihnen. Er wirkte, als habe er etwas Wichtiges mitzuteilen.

Der ältere Kommissar gab ihm allerdings zu verstehen, dass er noch einen Moment warten sollte. Dann wandte er sich wieder an Isa. »Hat der Mörder dich gesehen?«

»Nein, ich ... ich glaube nicht.«

»Du glaubst?«

»Ich ...« Isa stockte.

Hat der Mörder dich gesehen?

Mit einem Mal verspürte sie wieder Panik.

»Also hat er dich möglicherweise gesehen«, stellte der Kommissar fest.

Isas Mutter ächzte. »Wollen Sie sagen, meine Tochter ist in Gefahr?«

Zu Isas Entsetzen ließ sich der Kommissar Zeit mit einer Antwort.

ZWEIUNDZWANZIG

Sydow erkannte die Angst des jungen Mädchens. Dennoch zögerte er mit einer Antwort, um all das, was er bisher erfahren hatte, zu überdenken.

»Auf jeden Fall«, sagte er, »werden wir einen Streifenwagen vor Ihrem Haus postieren.«

Entsetzt schnappte die Mutter nach Luft. »Also *ist* sie in Gefahr?«

»Wenn es stimmt, was Ihre Tochter sagt ...«

»Wollen Sie behaupten, sie lügt?«

»... wahrscheinlich nicht.«

»Aber wieso dann ...«

»Eine reine Vorsichtsmaßnahme.« Sydow gab den Schutzpolizeibeamten entsprechende Anweisungen, dann wandte er sich seinem Kollegen zu.

Tom bedeutete ihnen, ihm um das Fabrikgebäude herum zu folgen. »Und?«, er schritt die verwitterte Backsteinfassade entlang, »glaubt ihr dem Mädchen?«

»Ich glaube«, sagte Catja, »es wäre ein Fehler, es nicht zu tun.«

»Sie kann dann also erst einmal nach Hause?«

Sydow beließ es bei einem Kopfnicken.

Sie erreichten einen Hinterhof, der zum Großteil mit Mülltonnen vollgestellt war. In einer kleinen Lücke stand ein alter, beigefarbener Mercedes 250. Die Eingangstür zum Spielplatz versperrte ein weiterer Streifenpolizist.

Vor ihm tigerte nervös ein Mann herum – Anfang sechzig, graue Haare, grauer Schnauzer, sogar die blasse Haut wirkte im trüben Tageslicht seltsam grau. Als er Sydow bemerkte, zertrat er hastig eine Kippe am Boden. »Sie sind der Ermittlungsleiter?«

»Und wer sind Sie?«

»Biski, Edward Biski.«

»Herr Biski ist der Betreiber des *Kinder-Spiele-Tobe-Lands*«, sagte Tom. »Die Kollegen haben ihn heute Morgen herbestellt, nachdem ...«

»Ja«, fiel Biski ihm ins Wort, »aber keiner hält es für nötig, mir zu erklären, was hier eigentlich los ist.«

»Herr Biski ...«

»Wieso um alles in der Welt darf ich nicht in mein Büro?«

»... das werden Sie rechtzeitig erfahren.« Sydow trat an dem uniformierten Kollegen vorbei in das Gebäude.

Ein schlauchartiger Gang führte ihn in ein kleines Büro. In den Regalen türmten sich Aktenordner, die Polster zweier Stühle waren abgenutzt und rissig, der Schreibtisch trug drei Flachbildmonitore.

Auf einem flimmerte ein körniges Schwarzweißbild, das die Spurensicherung im Eingangsbereich zeigte. Die fortlaufende Timeline am unteren Bildschirmrand entsprach dem heutigen Tag und der aktuellen Uhrzeit.

Tom setzte sich auf einen der Stühle und betätigte die Tastatur. Die Kriminaltechniker wichen herumwuselnden Kindern, Erwachsenen, Familien, fast alle auf dem Weg hinaus auf den Parkplatz. Laut Timeline war es der gestrige Sonntag, 17.46 Uhr.

»Etwa eine halbe Stunde vor der angeblichen Tat«, sagte Tom. »Seht ihr ihn?«

»Äh, wen?«, fragte Catja.

»*Diesen* Typen!« Mit dem Zeigefinger tippte Sydow auf den Monitor. »Tom, halte den Film bitte an.«

Tom tat wie ihm geheißen. Die Leute auf dem Monitor gefroren in der Bewegung, in ihrer Mitte ein Mann Mitte dreißig, großgewachsen, hager, die Haare kurzgeschoren, in Jeans und einem dunklen, vermutlich schwarzen Hoodie. Das Gesicht, das die Kamera erfasst hatte, war eingefallen, der Blick angespannt. Die Timeline zeigte *17:52*.

»Was ist mit ihm?«, fragte Catja.

»Na«, sagte Tom, »*alle* verlassen den Spielplatz, weil gleich Ladenschluss ist, nur *dieser* Mann geht hinein.«

»Vielleicht holt er seine Kinder oder Familie ab.«

»Nein.« Tom ließ den Film keine drei Minuten weiterlaufen. »Da, er verlässt das Gebäude wieder – ohne Kinder, ohne Familie.«

Unzweifelhaft war es der gleiche Typ im Hoodie. *17:54*.

»Aber wenn er jetzt schon das Gebäude verlässt«, sagte Catja, »wie soll er ...?«

»Warte!« Tom spulte den Film vor, bis der Eingangsbereich fast verlassen lag. *18:22*.

Einige junge Frauen eilten durchs Bild, winkten jemandem hinter dem Kassentresen, der sich außerhalb des Kamerabereichs befand.

»Das sind die Angestellten, die jetzt Feierabend machen«, sagte Tom. »Hinter dem Tresen sitzt die Kassiererin, die noch die Tagesabrechnung macht und dann ... Achtung!« Er stoppte den Film.

Wieder erstarrte ein Mann in der Bewegung, erneut in dunklem Hoodie, diesmal allerdings hatte er sich die Kapuze über den Kopf gezogen. Außerdem trug er Handschuhe. *18:23*.

»Könnte der gleiche Typ sein«, sagte Tom. »Erst hat er die Örtlichkeit gecheckt, dann ...«

»Gut möglich«, fiel Catja ihm ins Wort, »aber wieso lässt er sich beim ersten Mal ungeniert filmen, beim zweiten Mal hält er sich bedeckt?«

»Schön blöd, natürlich.« Tom lachte auf. »Aber du weißt ja, wie manche Täter ticken.«

»Und *du* weißt«, sagte Sydow, »dass ein *Könnte* nicht für einen Haftbefehl reicht.«

Toms Lachen erstarb. »Na ja, unabhängig davon, ob es sich bei dem verhüllten Typen um den gleichen wie vorhin handelt – *das da*«, er zeigte auf den erstarrten Mann, »dürfte der Mörder sein.«

Er setzte den Film wieder in Bewegung, kurz darauf, *18:31*, tapste ein kleiner Junge durchs Bild. »Und *das da* ist Lukas Löschner.«

Keine zehn Sekunden vergingen, da erschien die junge Isa, gefror auf der Stelle. Ein kurzer, atemloser Moment verging, in dem das Entsetzen in ihrem Gesicht wuchs. Dann stürzte sie ins Gebäude, verschwand aus dem Bild.

Danach geschah nichts mehr. Der Eingang blieb menschenleer. Auch der kleine Junge tauchte nicht mehr auf. Einzig die Timeline am unteren Bildschirmrand lief weiter.

»Entweder«, sagte Catja, »hat sich der Mörder beim Gehen an der Kamera vorbeigeschlichen oder ...«

»... er ist wie die Zeugin zum Hinterausgang raus«, vollendete Tom ihren Satz.

»Nein«, Catja schüttelte den Kopf, »sie hat ihn vorne aus dem Gebäude verschwinden sehen.«

»Wenn es stimmt, was sie sagt.«

»Wieso sollte sie in diesem Punkt lügen?«, fragte Catja.

Darauf wusste Tom keine Antwort.

Sie schauten sich den Film weiter an, der irgendwann stoppte. Kurz blieb das Bild schwarz. Dann setzten die laufenden Aufnahmen wieder ein, die die Kriminaltechniker bei der Arbeit zeigten.

Tom erhob sich vom Stuhl. »Was immer passiert ist ...«

»Wahrscheinlich ein Raubüberfall«, sagte Catja, »den der kleine Lukas mit seinem Auftauchen durchkreuzte.«

Tom wackelte verzagt mit dem Kopf. »Na ja, gut möglich, aber ein Raubüberfall erklärt alles andere nicht.«

»Du meinst ...«

»Ja, die fehlenden Leichen, die fehlenden Spuren. Oder was meinst du, Max?«

Doch Sydow hatte das Büro bereits verlassen.

Draußen zündete sich Biski eine neue Zigarette an. Er hielt in der Bewegung inne. »Kann ich jetzt endlich ... Hey, Sie!«

Sydow eilte an ihm vorbei, um das Gebäude herum und zurück auf den Parkplatz. Seine beiden Kollegen hatten Mühe, mit ihm Schritt zu halten.

Auf der Rückbank eines weiteren Streifenwagens kauerten die Eltern des kleinen Lukas. Ein Notfallbetreuer sprach beruhigend auf sie ein.

»Herr Sydow«, Dr. Bodde kam auf ihn zu, »ich habe auf Sie gewartet.«

Erwartungsvoll sah er sie an.

»Um ehrlich zu sein: Einen solchen Tatort habe ich noch nie gesehen.«

»Das heißt«, sagte Tom, »es handelt sich tatsächlich um einen Tatort. Haben Sie doch noch Spuren sicherstellen können?«

»Nein, ganz im Gegenteil, alles ist klinisch rein.«

»Unmöglich!«, bemerkte Sydow.

Dr. Bodde lächelte nachsichtig. »Hätten Sie mir das vorher gesagt, hätte ich Ihnen zugestimmt, aber ...« Sie zuckte mit den Schultern. »Aber genau *das,* die Abwesenheit jeglicher, menschlicher Spuren machen diesen Ort verdächtig.«

»Der Aufwand dafür muss sehr groß gewesen sein«, stellte Sydow fest.

»Oh ja, in der Tat.«

»Wäre er von einer Person alleine zu bewältigen gewesen?«

Dr. Bodde dachte kurz nach. »Wann soll die Tat ungefähr stattgefunden haben?«

»Gestern Abend, achtzehn Uhr dreißig«, sagte Tom.

»Nein«, Dr. Bodde schüttelte den Kopf, »unwahrscheinlich, dass das eine Person alleine geschafft hat, nicht in dieser Zeit, nicht in diesem Ausmaß.«

Tom kratzte sich den Bart. »Also muss es sich dabei um mehrere Personen gehandelt haben.«

»Die ohne Zweifel ihr Handwerk verstehen.«

»Profis?«

»Mehr als das«, sagte Dr. Bodde. »Experten.«

Catja runzelte die Stirn. »Aber wer verfügt über eine *solche* Expertise?«

»Na ja«, murmelte Tom, »wenn dann die ...«

Sydows Telefon klingelte. Er warf einen Blick auf das Display. *Gustav.* Sein Schwiegervater.

Er drückte den Anruf weg. »Es wird Zeit, dass wir mit diesem Biski reden.«

DREIUNDZWANZIG

Isa stieg aus dem Streifenwagen, der sie und ihre Mutter zurück nach Hause gefahren hatte. Ein Stück die Straße hinauf stand Nachbar Krause mit seiner Dogge. Missfällig schüttelte er den Kopf, als wolle er sagen: *Und das in meiner Nachbarschaft!*

Isa bemühte sich, ihn zu ignorieren. Dann allerdings begegnete sie dem grimmigen Blick des dicken Polizisten, der ihr die Autotür aufhielt.

Schlagartig wurde sie wütend.

Ich hab nichts angestellt!, wollte sie den beiden Männern entgegenschleudern. *Und erst recht hab ich nicht gelogen!*

Ihr Zorn verflog so rasch wie er über sie hereingebrochen war. Denn es gab keinen Grund dafür, schon lange nicht für Triumph.

Lukas ist tot!

Rasch eilte sie ins Haus und die Treppe hoch in die erste Etage.

Ihre Mutter folgte ihr dicht auf dem Fuß. »Vielleicht«, sagte sie, während sie die Wohnungstür entriegelte, »willst du erst einmal duschen.«

Isa lief in die Diele. Sie wollte nur noch in ihr Zimmer.

»Oder etwas essen?«

Sie schüttelte den Kopf. So wie sie sich fühlte, würde sie keinen Bissen runterkriegen, nicht jetzt, vermutlich sogar nie wieder. Dennoch verharrte sie vor dem Durchgang zur Küche.

Ihre Mutter verstand es falsch. »Ich mache dir einen Tee.« Sie trat vor die Anrichte und setzte den Wasserkocher auf. »Der wird dich beruhigen.«

Unterdessen ging Isas Blick zum Küchenfenster hinaus.

Auf der Straße vor dem Haus stand nach wie vor der Streifenwagen, darin die beiden Polizisten.

Eine reine Vorsichtsmaßnahme.

»Verdammt!«, fluchte Isas Mutter. »Wo hab ich's denn hingetan?« Aus einer Schublade kramte sie Desinfektionsspray und Pflaster hervor. »Setz dich.«

Isa rührte sich nicht von der Stelle.

»Na los, die Wunde muss gereinigt werden!« Ihre Mutter schob sie auf einen der Küchenstühle. »Und danach trinkst du deinen Tee, ruhst dich etwas aus, liest ein Buch, guckst einen Film ...« Sie hockte sich hin und säuberte Isas Knie. »Ich bin mir sicher, etwas Normalität wird dir guttun.«

Ein verlockender Gedanke, obwohl sich Isa sicher war, dass sie weder Ruhe noch Muße für ein Buch oder einen Film finden würde.

Wollen Sie sagen, meine Tochter ist in Gefahr?

Aber alleine sein wollte sie irgendwie auch nicht. Außerdem tat es gut, dass ihre Mutter mal nicht herumschimpfte, sich stattdessen einfach nur um sie sorgte.

Etwas Normalität. Wann hatte sie die zum letzten Mal gehabt? Isa konnte sich kaum erinnern.

Andererseits – was war der Preis dafür?

Lukas wurde ermordet.

»Vorsicht«, sagte ihre Mutter, »das tut weh!« Sie sprühte das Desinfektionsmittel auf die Wunde.

Der scharfe Schmerz im Knie ließ Isa zusammenzucken. Ihr Bein prallte gegen die Brust ihrer Mutter.

Diese kippte japsend um, krachte auf den Hosenboden, blickte vorwurfsvoll zu Isa auf, einen wütenden Fluch auf den Lippen. Sie schien sich gerade noch zu beherrschen, zwang sich zu einem nachsichtigen Lächeln, ihr Blick allerdings ließ keinen Zweifel, dass ihr fürsorgliches Gehabe alles andere als aufrichtig war, ihre wahren Gedanken dagegen nach wie vor …

Das ist deine Schuld!

Isa sprang vom Stuhl auf.

»Nun warte doch«, rief ihre Mutter, »ich bin noch nicht fertig.«

Sie rannte zur Küche hinaus.

»*Isa!*« Ihre Mutter lief ihr nach.

Sie stürzte ins erstbeste Zimmer, schlug die Tür hinter sich zu, verriegelte das Schloss, erst dann wurde ihr klar, dass sie sich im Badezimmer befand. Mit einem Stöhnen setzte sie sich auf die Kloschüssel.

Scheiße! Sie hielt das Gehabe ihrer Mutter nicht länger aus. Sie hielt das alles, hier und jetzt, nicht mehr aus. *Normalität? Von wegen!*

Das bittere Gefühl der Schuld, das sie empfand, ließ sich nicht einfach verdrängen, ebenso wenig die Trauer über Lukas' Tod.

Fast noch schlimmer war die Angst, die an ihr nagte. *Hat der Mörder dich gesehen?*

Aber was konnte sie dagegen unternehmen? Sie hatte keinen blassen Schimmer.

VIERUNDZWANZIG

Sydow hatte den Hinterhof noch nicht erreicht, da klingelte sein Handy ein weiteres Mal. Abermals war es sein Schwiegervater. Er drückte den Anruf weg.

»*Na endlich!*«, schleuderte ihm Biski entgegen, der sich gerade eine neue Zigarette ansteckte. »Verraten Sie mir *jetzt* endlich, was das alles soll?«

»Verraten *Sie* mir, wo Sie gestern zwischen siebzehn und neunzehn Uhr waren.«

»Wie bitte?« Biski zog ein Gesicht, als habe er sich an der Zigarette verschluckt. »Was ist hier gestern Abend passiert?«

Sydow schwieg.

»Verdammt, jetzt sagen Sie schon!«

Schweigen.

Entnervt zog Biski an seiner Zigarette. »Zu Hause«, zischte er, während er den Rauch ausstieß, »bei meiner Familie, in Lichterfelde, zufrieden?«

Noch immer reagierte Sydow nicht.

»Das heißt«, ergriff stattdessen Catja das Wort, »gestern Abend waren nur Ihre Angestellten vor Ort?«

»Wie jeden Sonntag. Mein freier Tag.«

»Sie trauen Ihren Mitarbeitern über den Weg?«

»Natürlich!« Biski schnaubte. »Würde ich Ihnen sonst alleine den Laden überlassen?«

»Wir benötigen die Namen und Kontaktdaten aller Mitarbeiter.«

»Und was ist mit Datenschutz?«

»Und was ist mit einer richterlichen Anordnung?«, warf Sydow ein.

»Ist ja gut.« Biski bedachte ihn mit einem grimmigen Blick, bevor er einen weiteren, tiefen Zug von seiner Zigarette nahm. »Es wäre nur schön, wenn Sie mir endlich sagen würden, was oder wen genau Sie suchen ... und warum überhaupt!«

Abermals hüllte sich Sydow in Schweigen.

»Herr Biski«, fuhr Catja fort, »Sie sind der Betreiber des *Kinder-Spiele-Tobe-Lands.*«

»Ja, aber ...«

»Alleine?«

»... das habe ich doch schon alles ...«

»Wie lange schon?«

Biski ächzte. »Acht Jahre.«

»Läuft das Geschäft gut?«

»Ich kann meine Angestellten davon bezahlen, mir außerdem einmal die Woche einen freien Tag genehmigen, also – ja! Und nein, ich habe keine Schulden, wenn das Ihre nächste Frage ist.«

»Keine Kredite, keine ...«

»Doch, natürlich«, Biski verdrehte die Augen, »zwei Kredite, einer für den Spielplatz, also, für alle Investitionen, die damals nötig gewesen sind, aber das ist nicht weiter ungewöhnlich, meinen Sie nicht auch?«

»Haben Sie das Gebäude gekauft?«

»Nur gepachtet.«

»Wieso?«

»Ganz einfach: weil es nicht zum Verkauf stand.«

»Und der andere?«, fragte Sydow.

Verwirrt sah Biski ihn an. »Welcher andere?«

»Der andere Kredit.«

»Ach so«, Biski schnippte seine Kippe zu Boden und zerstampfte sie, »der ist für unser Haus draußen in Lichterfelde.«

»Wo laufen die Kredite?«, fragte Catja.

»Bei meiner Bank, was glauben Sie denn?«

»Ansonsten schulden Sie niemandem Geld?«

»Habe ich doch gesagt.«

»Keine anderen Geschäfte?«

»Nein verdammt, weder noch.« Biski grinste schief. »Weder andere Geschäfte noch krumm. Das wollen sie doch damit andeuten, oder?«

»Werden Sie bedroht? Erpresst?«

»Auch das nicht. Hören Sie, was immer hier passiert sein soll – ich habe keine Ahnung, was es ist. Und ich habe erst recht nichts damit zu tun.«

Sydow ließ sich das Gesagte durch den Kopf gehen. Wenig überraschend war es nicht viel, was sie an neuen, hilfreichen Informationen erfahren hatten. Allerdings gab es auch keinen Grund mehr, Biski noch länger die Wahrheit vorzuenthalten.

Catja schien den gleichen Gedanken zu haben. Sie sah Sydow fragend an.

Er deutete ein Kopfnicken an.

»Herr Biski«, sagte Catja, »es deutet einiges darauf hin, dass hier gestern Abend zwei Morde verübt wurden.«

»Morde? Wo? Im Spieleland? Davon wüsste ich!«

»Sie waren doch gar nicht vor Ort.«

»Meine Mitarbeiter hätte mich verständigt, meinen Sie nicht auch?«

»Selbstverständlich, aber ...«

»Außerdem, wie kommen Sie darauf? Sie haben mich doch hergerufen, weil das Spieleland gestern Abend ordnungsgemäß von meiner Mitarbeiterin verschlossen worden war, und meines Wissens gibt es drinnen auch keine Leiche, oder?«

»Haben Sie mit Ihrer Mitarbeiterin seit gestern Abend gesprochen?«

»Nein, hätte ich sollen?«

»Inzwischen – ja. Wie heißt sie?«

»Sie meinen ...« Biski hielt inne, kniff die Augen zusammen. »Carmen. Carmen Milowski.«

»Tom«, Sydow wandte sich an seinen Kollegen. »Kannst du sie bitte ...«

»*Max!*«, unterbrach ihn eine resolute Stimme.

»Was will der denn hier?«, murmelte Tom in seinen Bart, bevor er zum Parkplatz davoneilte.

Erwin Eggensberger, der Dezernatsleiter, stapfte zum Hinterhof herein – Mitte fünfzig, ergraut, schwarzer Anzug, Lederschuhe, eine schmale Brille, zweifellos kein Kassengestell. »Max, auf ein Wort.« Er machte kehrt und entfernte sich einige Schritte. »Wie ist der Stand der Dinge?«

»Deshalb bist du hier?«

»Himmel, ganz sicher nicht wegen der Hüpfburg.«

Sydow verzog keine Miene.

»Okay, der war platt.« Eggensberger hob die Hände. »Ich habe durch Zufall von der Sache erfahren, und ehrlich, Max, ich mache mir Sorgen. Also, was haben wir?«

»Offenbar gab es gestern Abend zwei Morde.«

»Soweit bin ich informiert!«

»Opfer sind mutmaßlich ein kleiner Junge, Lukas Löschner, drei Jahre alt, außerdem möglicherweise eine Angestellte, Carmen Milowski.

Der Junge ist tatsächlich verschwunden, die Mitarbeiterin überprüft Tom gerade.«

»Was lässt euch glauben, die Morde seien tatsächlich geschehen?«

»Es gibt keine Spuren«, sagte Sydow. »*Keinerlei* Spuren. Der angebliche Tatort ist klinisch rein.«

Nachdenklich fingerte Eggensberger an seiner Brille herum. »Wie ist das möglich?«

»Die Frage ist vielmehr: *Wer* hat die Möglichkeit dazu?«

»Du meinst ... organisierte Kriminalität?«

»Möglicherweise.«

»Wenn das tatsächlich stimmt«, Eggensbergers Miene war inzwischen so finster wie die Wolken, die über Berlin hingen, »Himmel, hast du eine Ahnung, was das bedeutet?«

Sydow nickte nur. Er sah, wie Tom zurückgeeilt kam.

»Schlimm genug«, fuhr Eggensberger fort, »dass sich seit Jahren Libanesen und Russen in der Stadt quasi unbehelligt bekriegen, und dass seit kurzem auch noch die Tschetschenen mitmischen. Bisher aber war unser Glück, dass sie dabei unter sich geblieben sind. Wenn jetzt allerdings Unschuldige in Mitleidenschaft gezogen werden, vor allem Kinder, Himmel, wenn davon erst einmal die Presse erfährt ...« Verzweifelt ruderte er mit den Armen. »Der Innensenator, die Polizei, also wir, wir stehen schon genug unter Druck, wir können uns solche ...«

Sydows Handy klingelte. Ein weiteres Mal war es sein Schwiegervater. Er drückte den Anruf weg.

Eggensberger sah ihn verärgert an. »Wie auch immer«, brummte er, »ich möchte über die neuesten Entwicklungen in diesem Fall unverzüglich informiert werden, hast du verstanden?« Er wandte sich ab. »Ach so«, er drehte sich noch einmal um, »diese Sache im Viktoriapark, was ist damit?«

»Offenbar eine Auseinandersetzung im Obdach-losenmilieu.«

»Gibt es einen Verdächtigen?«

»Es scheint, als habe er sich abgesetzt.«

»Gut«, sagte Eggensberger.

»Gut?«

»Himmel, Max, wieso setzt sich einer ab, wenn er unschuldig ist? Ich gehe davon aus, ihr habt ihn zur Fahndung ausgeschrieben.« Eggensberger wartete Sydows Antwort nicht ab, stapfte statt-dessen davon.

Sydow sah ihm nach.

Ich habe durch Zufall von der Sache erfahren.

»Max«, Tom räusperte sich, »ich glaube, wir wissen jetzt, wer das zweite Opfer ist.«

»Carmen Milowski, die Angestellte?«

»Ihr Verlobter hat sie gestern Abend als vermisst gemeldet.«

FÜNFUNDZWANZIG

Irgendwann hörte Isa ein Klopfen.

»Isa?«

Sie wusste nicht, wie lange sie schon im Badezimmer hockte. Nur ein paar Minuten? Oder Stunden? *Spielt das überhaupt eine Rolle?*

»Isa«, ihre Mutter klopfte erneut an die Tür, »was machst du da drinnen?«

Isa biss sich auf die Unterlippe. Sie wollte vieles, aber ganz sicher nicht mit ihrer Mutter reden, sie nicht einmal sehen oder –

»Isa, ist alles in Ordnung?«

Allerdings war sie sicher, dass ihre Mutter keine Ruhe geben würde, also konnte sie sich ihr auch gleich stellen. Zähneknirschend erhob sie sich von der Kloschüssel.

Auf dem Weg zur Tür fiel ihr Blick in den Spiegel. Erschrocken blieb sie stehen. *Scheiße!*

Das Mädchen, das ihr entgegenstarrte, glich dem Zombie aus einem Horrorfilm – totenbleich, verheult, erschöpft, mit tiefen Augenringen, die

Unterlippe blutig gebissen, mit wilder, zerzauster Mähne, das Gesicht zerkratzt, das weiße Leinenkleid fleckig und zerrissen.

Sie sah so elendig aus, wie sie sich fühlte.

Immerhin in einem Punkt hatte ihre Mutter recht. *Vielleicht willst du erst einmal duschen.*

Erneut pochte es gegen die Tür. »Isa?«

»Ich dusche!« Isa entkleidete sich und stellte sich in die Kabine.

Sie spürte, wie das heiße Wasser sie vom Schmutz und Schweiß der letzten vierundzwanzig Stunden befreite, nicht aber von der Schuld und der Trauer, die tief in ihrem Innern rumorten. Genauso wie die Angst.

Hat der Mörder dich gesehen?

Als sie im Morgenmantel das Bad verließ, ging ihr Blick sofort zum Küchenfenster hinaus. Nach wie vor stand der Streifenwagen vor dem Haus.

Eine reine Vorsichtsmaßnahme.

Isa fröstelte.

»Isa«, ihre Mutter kam aus dem Wohnzimmer, »willst du ...«

»Ich bin müde«, sagte sie und floh in ihr Zimmer.

»Isa!«

Sie wollte die Tür hinter sich schließen.

»Dein Handy.« Ihre Mutter reichte ihr das Telefon. Etwas in ihrer Miene ließ keinen Zweifel an ihrer neuerlichen Verärgerung.

134

Als Isa aufs Display blickte, verstand sie.

Während sie unter der Dusche gestanden hatte, hatte Sam angerufen.

Ihre Mutter sah sie an, als erwarte sie eine Erklärung, eine Entschuldigung, was und wofür auch immer.

»Danke.« Isa nahm das Handy, schloss sich in ihrem Zimmer ein und warf sich aufs Bett. Die Erschöpfung ließ sie die Augen schließen, doch sofort kehrten die Bilder von gestern Abend zurück.

Sie riss die Augen wieder auf. *Und jetzt?*

Ihr Blick irrte durch das Zimmer, als läge irgendwo in dem Chaos aus Klamotten, Schuhen und Taschen eine Antwort verborgen.

Oder ein Mörder!

Sie raffte den Bademantel enger um den Leib, dann zog sie sich die Decke bis ans Kinn. Noch immer hatte sie keinen blassen Schimmer, was sie tun sollte. In ihrem Kopf herrschte ein Chaos aus tausend Gedanken, Bildern, Stimmen und Geräuschen, eines schlimmer als das andere.

Verzweifelt stülpte sie sich die Kopfhörer über die Ohren und startete die Musik.

Is there another reason for your stain?, lärmte Nirvana. *Could you believe who we knew was stress or strain?*

Ihr Blick fiel auf ein Foto an der Wand. Es zeigte ihren Vater.

Dein Vater würde sich schämen!

Bis heute hatte sie geglaubt, dass sie über seinen Verlust hinweg war, aber jetzt vermisste sie ihn mehr denn je.

Er hatte immer gewusst, was zu tun war.

Selbst damals, vor vier Jahren, als er bei Nebel im Stau steckengeblieben war, ein Dutzend Autos waren ineinandergekracht. Er war einer der wenigen gewesen, die erste Hilfe hatten leisten wollen.

Here is another word that rhymes with shame.

Den Lkw, der auf das Stauende zuraste, hatte er nicht gesehen und –

Die Musik erstarb, wich dem Anrufsignal.

Wieder war es Sam. Noch ehe sie sich's versah, nahm sie den Anruf entgegen. »Sam!«

»Hey, wo steckst du denn den ganzen Tag?«

Sie schwieg.

»Ich hab versucht dich zu erreichen.«

»Ich ... ich dich auch, gestern ...«

»Stimmt, ja, ich ... ich war noch bei 'nem Kumpel zocken. Bist du jetzt zu Hause?«

Isa zögerte. »Ja.«

»Alleine?«

»Nein, meine Mutter ...«

»Aber Lukas ist schon weg?«, ließ Sam sie nicht ausreden.

Isa konnte nicht anders, sie schluchzte auf.

»Hey«, rief Sam besorgt, »hey, Süße, was ist denn los mit dir? Geht es dir nicht gut?«

Obwohl er es nicht sehen konnte, schüttelte sie den Kopf.

»Ich bin gleich bei dir«, sagte er.

»Nein, Sam ...«

»Warte!« Ein Rascheln drang aus dem Hörer. »Jetzt! Kommst du kurz raus auf den Balkon?«

»Auf den Balkon?«

»Na klar, ich steh im Hinterhof.«

SECHSUNDZWANZIG

Sydow lief zurück zum Parkplatz.

»Nach Angaben ihres Verlobten, eines gewissen Pavel Havemann«, fuhr Tom fort, »ist Carmen Milowski gestern Abend nach der Arbeit im *Kinder-Spiele-Tobe-Land* nicht nach Hause zurückgekehrt. Die beiden, sie achtundzwanzig, er dreißig, wohnen in der Gneisenaustraße 33, nur drei Straßenblöcke von hier.«

»Bei einer Freundin ist sie nicht?«, fragte Catja.

»Havemann hat Freundinnen und Angehörige angerufen, anscheinend hat keiner etwas von ihr gehört. Ihr eigenes Handy ist ausgeschaltet.«

»Hast du die beiden überprüft?«

»Offenbar ein mustergültiges Paar, die Namen tauchen in keiner unserer Datenbanken auf, keinerlei Vorstrafen, keine Anzeigen wegen Gewalt- oder Drogendelikten, keine Punkte in Flensburg, nicht einmal ein Strafzettel wegen Falschparkens.«

»Wir reden mit Havemann«, sagte Sydow zu Catja. »Und du, Tom, leitest derweil die Befragung der hiesigen Nachbarn ein, wer von ihnen hat gestern Abend etwas mitbekommen? Außerdem kümmere dich um die Umfelderhebung für Milowski und Havemann, das gleiche auch für Biski und all seine Angestellten – Familie, Freunde, Bekannte, deren mögliche Kontakte zur organisierten ...«

»*Herr Sydow!*«, erschallte eine laute Stimme von der Straße.

Mittlerweile krochen Schatten über die Bürgersteige. Der Abend zog wieder auf.

Zwischen den Schaulustigen, die sich vor dem Flatterband versammelt hatten, zwängte sich eine kleine, dickliche Gestalt. »*Stimmt das?*«, rief sie. »*Sind hier zwei Morde passiert?*«

Ein Murren ging durch die Menge.

»Scheiße!«, fluchte Tom. »Woher weiß denn dieser Sackowitz schon davon?«

Wenn davon erst einmal die Presse erfährt.

138

»Wie immer«, sagte Sydow, »von irgendeinem Kollegen, der sich ein Taschengeld dazuverdient.«

»Herr Sydow!«, brüllte Hardy Sackowitz, Reporter beim *Berliner Kurier*. *»Können Sie mir das bestätigen?«*

Sydow ignorierte ihn, wandte sich stattdessen dem Audi zu.

»Und was ist mit *ihnen?«* Tom deutete auf die Eltern des kleinen Lukas, die noch immer im Streifenwagen saßen. »Was sagen wir ihnen?«

»Nichts.«

»Aber ...«

»Im Augenblick haben wir nichts weiter als einen Verdacht. Natürlich, einen begründeten Verdacht, aber wir haben nicht eine einzige Spur.«

Catja wollte etwas entgegnen.

»Und«, kam Sydow ihr zuvor, »wir haben natürlich den Jungen, der spurlos verschwunden ist. Also lassen wir nach ihm suchen. Eine Hundertschaft, die die Gegend durchkämmt. Außerdem Personenspürhunde. *Das* kannst du ihnen sagen.«

Tom eilte auf den Streifenwagen zu.

Noch einmal setzte Catja zu einer Erwiderung an.

Sydows Handy klingelte.

Diesmal drückte er den Anruf nicht weg, nahm ihn aber auch nicht an.

»Tom!«, rief er stattdessen.

Der blieb stehen. »Ja?«

Nachdenklich hielt Sydow das läutende Telefon in der Hand.

Ich habe durch Zufall von der Sache erfahren.

Er fragte: »Hast *du* Eggensberger über den Fall hier Bescheid gegeben?«

»Ich dachte, du warst das.«

Fragend sah Sydow zu Catja.

»Äh«, sie schüttelte Kopf, »mal abgesehen davon, dass du das sicherlich mitbekommen hättest – wieso hätte ich ... Max?«

Sydow setzte sich bereits in den Wagen.

Noch immer klingelte sein Handy. Er nahm das Gespräch entgegen. »Gustav!«

»Gottverdammt, Max«, polterte sein Schwiegervater, »wieso drückst du mich jedes Mal weg?«

»Ich habe zu tun.«

»Und jetzt? Hast du jetzt Zeit?«

»Um ehrlich zu sein ...«

»Herrgott!«

»Wie wäre es mit heute Abend?«, fragte Sydow.

Sein Schwiegervater schnaufte vergrätzt. »Als ob du *dann* mit mir reden würdest.«

»*Jetzt* zumindest ...«

»Du hast *immer* zu tun, *immer* für andere, nur für ...«

»Ich muss auflegen.«

Sydow trennte die Verbindung.

Vom Fahrersitz aus musterte Catja ihn mit arg-
wöhnischem Blick.

»Worauf wartest du?«, knurrte er. »Fahr los!«

SIEBENUNDZWANZIG

Überrascht richtete sich Isa auf. »Du bist ... wo?«

»Ich steh im Hinterhof.« Sam lachte. »Direkt
unter eurem Balkon.«

»Beim Krause auf der Terrasse?«

»Keine Sorge, der kann mich nicht sehen.«

»Und wieso bist du ...«

»Weil auf der Straße *vor* eurem Haus die Bullen
stehen. Was weiß ich, was die da zu suchen haben.«

Einen Mörder!

Obwohl Isa noch immer im Bademantel einge-
mummelt unter der Decke saß, fröstelte sie.

»Also, was jetzt?«, fragte Sam. »Lässt du mich
rein oder muss ich hochklettern?«

»Nein, meine Mutter ...«

»... stört mich nicht, das hab ich dir doch gesagt.«

»Trotzdem, ich ...«

»Dir geht es nicht gut«, fiel Sam ihr ins Wort,
»das hör ich doch. Glaubst du, ich lass dich jetzt
alleine?«

Isa zögerte.

»Ich bin auch mucksmäuschenstill, versprochen!«

Es war sein vertrautes Lachen, das Isa überzeugte. Die gute Laune, die sie so sehr an ihm mochte, weil er sie sich niemals verderben ließ, egal was geschah. Außerdem hatte er recht.

Dir geht es nicht gut.

Und ja, sie wollte nicht alleine sein.

Wollen Sie sagen, meine Tochter ist in Gefahr?

Also glitt sie aus dem Bett, huschte zur Tür, zog sie einen Spalt auf und lauschte in die dunkle Diele.

Ein Schnarchen drang aus dem Schlafzimmer ihrer Mutter.

»Warte«, wisperte Isa ins Handy, schlich ins Wohnzimmer und öffnete die Balkontür.

Ein frischer Wind wehte herein und ließ sie abermals schaudern. Inzwischen war der Abend angebrochen, die Terrasse des Nachbarn unten lag im Halbdunkel.

Aus den Schatten zwischen den Sträuchern grinste Sam sie an.

Für einen Moment ließ sein unbeschwerter Anblick sie tatsächlich all ihre Sorgen vergessen. Sie lächelte sogar. Noch in derselben Sekunde verspürte sie einen Stich.

Wie konnte sie fröhlich sein, während Lukas tot war und seine Eltern –

»Isa!«, zischte Sam. »Was ist jetzt?«

Sie verdrängte die schwermütigen Gedanken, warf ihm stattdessen den Schlüssel hinunter.

Sofort pirschte Sam zum Hintereingang.

Unterdessen begab sich Isa in die Diele. Übermäßig langsam öffnete sie die Wohnungstür, doch das Quietschen der Scharniere konnte sie nicht verhindern.

Sam stand bereits im Treppenhaus.

Rasch nahm sie seine Hand und zog ihn in ihr Zimmer.

»Isa«, sagte er, »was ...«

Weiter kam er nicht, weil Isa ihm in die Arme fiel. »Halt mich fest.«

Für eine Weile standen sie nur so da.

Isa spürte, wie sehr sie ihn vermisst hatte, und wie gut es ihr tat, von ihm gehalten zu werden.

Irgendwann führte er sie zum Bett, legte sich neben sie, hielt sie fest.

Er schwieg, wofür sie ihm dankbar war.

Sie genoss die Nähe, seine Wärme, vor allem aber die Kraft, die sie selbst nicht mehr besaß.

Keine Ahnung, wie lange sie so in der Dunkelheit und der Stille lagen.

Nur ihre Atemzüge waren zu hören, gleichmäßig und ruhig. Als sei alles wie immer. Als sei der Schrecken niemals geschehen.

Erneut wurde ihr bewusst, wie sehr sie Sam mochte. Weil es ihm immer wieder gelang, dass sie ihre Sorgen vergaß. Und weil er dadurch auch ihrem Vater sehr ähnlich war.

Klar, ihre Mutter sah das ganz sicher anders, und ja, Sam hatte seine Makel, doch wer hatte die nicht? Zumindest wusste er immer, was zu tun war, und er tat, was immer er tun wollte. Ein Widerspruch? Vielleicht. Aber gerade deshalb war sein Leben herrlich unkompliziert.

Als seine Hand über ihren Arm auf Wanderschaft ging, prickelte es wohlig auf ihrer Haut. Der Bademantel verrutschte. Seine Finger strichen über ihre Schulter, ihre Brust. Es fühlte sich gut an. So normal.

Normalität. Ein trügerischer Gedanke.

Isa schauderte, diesmal nicht mehr vor Wonne. Plötzlich fühlten sich Sams Berührungen alles andere als angenehm an. Mit einem Ruck löste sich von ihm. Sie schloss den Bademantel.

»Hey, Süße«, überrascht hob er den Kopf, »was ist los?«

»Lukas ist tot.«

ACHTUNDZWANZIG

Zu Sydows Erleichterung ließ der abendliche Berufsverkehr nach. Weshalb Catja für die Fahrt zur Gneisenaustraße keine vier Minuten brauchte – zu kurz die Zeit für neue Fragen.

Was ist bloß los mit dir?

Die Nummer 33, ein unsanierter, aschgrauer Altbau, unterschied sich in der fortschreitenden Abenddämmerung kaum von den tristen Neubauten der Nachbarschaft.

Auf den Eingangsstufen mühte sich eine junge Frau mit einem Kinderwagen ab. Das Baby darin schrie in einem fort.

Sydow und Catja trugen ihr den Wagen hoch, sie wiederum hielt ihnen die Tür auf.

Der Hausflur wirkte mit den schwarzweißen Fliesen, einer hohen, gewölbten Decke und einem überraschend prunkvollen Kronleuchter beinahe wie ein Kirchenschiff.

Noch ehe Catja die Klingel der Parterrewohnung drücken konnte, flog die Tür auf.

»Haben Sie sie gefunden?« Aufgelöst stierte sie ein Mann an. »Haben Sie Carmen ...«

»Pavel Havemann?«, fragte Catja.

»Sagen Sie schon, haben Sie ...«

»Dürfen wir reinkommen?« Catja zeigte ihm ihre Dienstmarke und stellte sich und Sydow vor.

Etwas in Havemann zerbrach, vermutlich die Hoffnung.

»Herr Havemann?«

Für Sekunden drohte er in sich zusammenzusacken. Mühsam hielt er sich auf den Beinen, wankte durch die Diele ins Wohnzimmer, wo er sich auf die Couch fallen ließ. »Was ...« Seine Stimme brach ab. In den Augen standen Tränen. »Was hat er ihr angetan?«

»Wer?«, fragte Catja überrascht.

»Franz!«

»Franz?«

»*Verdammt!*« Havemann keuchte. »Von ihm habe ich doch gestern schon Ihren Kollegen erzählt, als ich auf dem Revier war, wegen ... wegen der Vermisstenanzeige.«

»Wer ist Franz?«

»Franz Eikel, Carmens Ex-Freund, nur ... dass er das einfach nicht begreift. Seit zwei Jahren nicht, seit sie sich von ihm getrennt hat. Immer wieder ruft er an, schreibt ihr Briefe, steht vor der Tür und ...«

»Er stalkt Ihre Verlobte?«

»Haben Ihre Kollegen Ihnen das denn nicht gesagt?« Havemanns verzweifelter Blick irrte durch das Wohnzimmer, als erwarte er, dass seine Verlobte jeden Augenblick wieder auftauchte.

Vor Schmerz verzog er das Gesicht.

Alles in dem Zimmer schien ihn an sie zu erinnern – der antiquierte Holzschrank, eine Nähpuppe, eine ausladende Futton-Couch, etliche Kissen, eine Stickdecke, an der Wand eine gerahmte Öllandschaft, und überall Vasen mit blühenden Blumen.

»Herr Havemann«, sagte Catja.

Er hob den Blick, jetzt standen Tränen auf seinen Wangen. »Er ... er hat sie bedrängt, wollte einfach nicht wahrhaben, dass sie nichts mehr von ihm wollte.«

»Sie erwähnten Briefe.«

»Ja, er ...«

»Dürfen wir sie sehen?«

»Wozu ...«

»Bitte!«

Mühsam stemmte sich Havemann empor und schleppte sich ins benachbarte Schlafzimmer.

Ein Klappern und Rascheln war zu hören.

»Hier!« Mit einer Schuhschachtel kehrte er zurück. »Sowas hat er ständig geschickt, immer wieder ... er hat's einfach nicht kapiert und ... und jetzt ... jetzt ...«

Die Postkarten und Briefe klangen zum Teil wie normale Liebesbekundungen: *Du bist das*

Beste, was mir je passiert ist. Oder: *Ich liebe dich so sehr.* Mal verzweifelt: *Du gehörst zu mir.* Oder: *Du und ich – für immer.* Und dann bedrohlich: *Du wirst dich noch umsehen!*

Aus dem Wust unzähliger Schwüre und Drohungen ragte eine Musikkassette heraus, von Hand beschriftet mit: *Für die Liebe meines Lebens.*

»Auch dieses Mixtape hat er ihr geschickt«, murmelte Havemann. »Vor einem halben Jahr erst, als ... als wären sie noch ...« Seine Stimme erbebte. »Jetzt sagen Sie schon, was hat er getan?«

»Das wissen wir zur Stunde noch nicht«, sagte Catja.

»Aber ... aber haben Sie ...«

»Nein, tut mir leid, wir wissen nicht, was mit Ihrer Verlobten passiert ist.«

»Weshalb sind Sie dann ...«

»Wir haben einige Fragen.«

Havemann richtete sich auf, mit einem Mal wieder zuversichtlicher.

Bis Sydow ihm die erste Frage stellte: »Wie ist Ihr Verhältnis zu Ihrer Verlobten?«

Entgeistert starrte Havemann ihn an.

»Wie lange sind Sie schon mit ihr zusammen?«

»Etwas mehr als ein Jahr, wir ...«, verzweifelt fuhr sich Havemann durchs Haar, »wir sind glücklich, wollen heiraten. Ich verstehe Ihre Fragen nicht.«

»Wo waren Sie gestern Abend zwischen siebzehn und neunzehn Uhr?«

Noch mehr Verwirrung erfüllte Havemanns Miene. Es dauerte, bis er reagierte. »Was – ist – Carmen – widerfahren?«

»Wie gesagt, das wissen wir nicht, wir ...«

»Waren Sie bei Franz? Waren Sie dort etwa noch nicht?«

»Wir ...«

»*Verdammt!*«, fluchte Havemann. »*Worauf warten Sie!*«

Sydow wartete auf eine Antwort. Unterdessen schien Havemann ihn abermals anschreien zu wollen. Offenbar hielt er sich nur mit Mühe zurück. »Ich ... ich war bei Freunden, weil wir ... wir gucken sonntags immer gemeinsam den Tatort.«

»Und Ihre Verlobte?«, fragte Catja.

»Carmen ... sie arbeitet sonntags, deshalb ... deshalb bin ich ja bei Freunden.«

»Wie lange arbeitet sie bereits im Spieleland?«

»Drei, dreieinhalb Jahre. Oder vier. Ja, vier.«

»Hat ihr die Arbeit Spaß gemacht?«

»Ja doch, sie ... sie liebt Kinder, sie ... wir ...« Wieder schossen Havemann Tränen in die Augen. »Sie ist schwanger, im ... im zweiten ...« Seine Stimme erlahmte. Nur sein schneller Atem, mit dem er gegen einen Heulkrampf ankämpfte, füllte das bedrückende Schweigen.

»Hat sie Ihnen je von unangenehmen Vorfällen bei der Arbeit erzählt?«, fragte Catja.

»Unangenehm? Inwiefern?«

»Erpressungen? Bedrohungen?«

»Nein, nichts dergleichen.«

»Aber sie hätte Ihnen davon erzählt?«

»Ja, wir ... wir haben immer über alles geredet, die Arbeit, Erlebnisse, solche Sachen. Ganz sicher hätte sie mir davon erzählt.«

»Und ihr ist sonst nichts aufgefallen? Nichts, was ihr ungewöhnlich vorkam?«

»Nichts dergleichen.«

»Überlegen Sie, jede noch so winzige Kleinigkeit, die für Sie unbedeutend erscheint, könnte wichtig sein.«

»Nein«, beharrte Havemann, »da war nichts, aber ...« Er hielt inne. »Was hat das alles mit Franz zu tun?«

Sydow deutete auf die Schuhschachtel mit den Briefen und Postkarten. »Dürfen wir diese Sachen mitnehmen?«

»Ja, aber ...«

»Wo finden wir Herrn Eikel?«

»Zu Hause, nehme ich an. Arbeiten tut der ja schon ewig nicht mehr.«

NEUNUNDZWANZIG

Isa musste eine Weile warten, ehe Sam antwortete.

»Du verarschst mich«, sagte er dann.

Das war nicht die Reaktion, die sie erwartet hatte. Beklommen schüttelte sie den Kopf.

»Du meinst ...« Er hob das Gesicht, blickte sie im Halbdunkel ihres Zimmers an, als könne er nicht begreifen.

Was sie ihm nicht einmal verübeln konnte, hatte sie selbst doch eine halbe Ewigkeit gebraucht, bis sie begriffen hatte, was geschehen war – und das, obwohl sie es hatte miterleben müssen.

»Lukas wurde ...«, allein bei dem Gedanken daran wurde ihr wieder übel, »er wurde ermordet.«

Sams Verwirrung wich der Bestürzung. »Er wurde ...«

»Ja, gestern Abend, ich ... ich war dabei.«

»Wie, gestern Abend? Wann? Und überhaupt, was soll das heißen – du warst dabei?«

»Ich hab's gesehen.«

»Wo?«

»Im Spieleland. Als ... als Lukas dorthin zurückgelaufen ist.«

»Du willst behaupten, du hast mitbekommen, wie er ... Scheiße, wie? Wie ist es passiert?«

Erneut schüttelte Isa den Kopf. Sie wollte nicht darüber reden.

Doch Sam kniff die Augen zusammen, als fügten sich für ihn unvermittelt einige Dinge zusammen. »Der Mörder ist entkommen, oder?«

Sie nickte und nagte an ihrer Unterlippe.

»Und *deshalb* steht die Polizei bei euch vor dem Haus. Weil der Mörder dich gesehen hat.«

Hat der Mörder dich gesehen?

»Ich ...«, sie spürte den Schmerz der Wunde an ihrer Lippe, »ich glaube nicht.«

»Trotzdem ...«

»Eine Vorsichtsmaßnahme«, fiel Isa ihm ins Wort, aber selbst für ihre Ohren klang das wenig überzeugt.

Wollen Sie sagen, meine Tochter ist in Gefahr?

Sie leckte sich die Lippe und schmeckte Blut.

»Und ich dachte schon«, Sam lachte auf, »die wären wieder wegen mir da.«

Verdattert starrte sie ihn an. »Das findest du witzig?«

»Sorry, nein, aber ...«

»Hast du wieder was am Laufen?«

»Nein.«

»Das kann ich nämlich nicht auch noch gebrauchen.«

»Bleib locker, Isa, alles ist gut.«

»Ist es nicht!«, zischte sie.

»Natürlich«, beeilte sich Sam zu sagen, »du hast recht, sorry, nur ... Scheiße, Isa, wer hat das getan? Wer tut sowas?«

»Ich weiß es nicht.«

»Aber du warst doch Zeugin, hast den Mörder gesehen, oder nicht?«

»Ich sagte doch ...«

»Also weißt du auch, wer es getan hat«, fiel ihr Sam ins Wort.

Verärgert rutschte Isa an den Bettrand.

»Nun sag schon, kennst du den Mörder?«

»Nein«, presste sie widerwillig hervor, »ich ... ich hab ihn kaum gesehen.«

»Aber trotzdem bist du jetzt in ...«

»Hör auf!«

»Aber du bist ...«

»Es reicht!«

»... in Gefahr.«

»Danke«, wütend funkelte sie Sam an, »dass du mich daran erinnerst!«

Er hob die Hände wie zur Unschuldsbeteuerung. »Aber ...«

»Isa?« Ihre Mutter platzte herein und schaltete das Licht an. »Mit wem redest du da?«

DREISSIG

Sydow nahm die Kassette aus der Hülle. *Für die Liebe meines Lebens.* Er schob sie in den Player.

Wir lieben nur einmal, sang Roland Kaiser, *und es bleibt eine Chance.*

»Oh Gott!« Mit einem würgenden Laut hielt Catja an der Kreuzung zur Karl-Marx-Straße.

Der Neuköllner Rathausturm verschwand im trüben Abenddunst.

»Roland Kaiser?« Catja ächzte. »Ernsthaft?«

»Nein, ernsthaft Kassetten?«, fragte Sydow.

»Warum denn nicht?«

»Wer hört heutzutage noch Kassetten?«

»Äh«, Catja lachte auf, »warum hat *unser* Wagen noch einen Kassettenspieler?«

»Was viel über die technische Ausstattung der Polizei aussagt.«

»Immerhin fahren wir Audi.«

»Welches Baujahr?«

»Okay, hast recht.« Die Ampel sprang auf Grün und Catja gab Gas. »Roland Kaiser!« Amüsiert verdrehte sie die Augen. »Und damit hat er ernsthaft gehofft, sie zurückzugewinnen?«

Sydow konnte sich ein Schmunzeln nicht verkneifen.

Und es bleibt eine Chance, dass wir uns das Gestern verzeihn.

Für eine Weile lauschten sie dem Mixtape, hin- und hergerissen zwischen Erheiterung und Widerwillen. Währenddessen fragte sich Sydow, wann sie sich eigentlich zum letzten Mal derart unbeschwert miteinander unterhalten hatten – zwangloser Smalltalk, ein paar Scherze, ein Lachen.

Du kennst die Antwort: vor drei Monaten und zwölf Tagen!

Er schaltete die Musik aus, holte das Handy hervor und wählte Toms Nummer.

Der meldete sich sofort. »Max?«

»Überprüfe bitte einen gewissen Franz Eikel.«

»Habt ihr seine Adresse?«

Sydow nannte sie ihm und trennte die Verbindung.

Vereinzelt plätscherten Regentropfen auf die Windschutzscheibe, als sie das Rollbergviertel erreichten – anonyme, kalte Hochhäuser, kaum Geschäfte oder Restaurants, dafür Gestank und Lärm im Überfluss.

Vor einem der Plattenbauten in der Morusstraße lungerten junge Männer in Kapuzenshirts und Jogginghosen herum. Als sie den Audi bemerkten, zerstreuten sie sich in alle Winde.

»Scheißbullen!«, schallte es noch durch die Dunkelheit.

Zerknüllte Bierbüchsen und Zigarettenschachteln türmten sich vor dem Hauseingang. Die Glastür war zersplittert, der Rahmen mit Farbe beschmiert.

Sie brauchten einen Moment, bis sie im Wust der Klingelschilder den gesuchten Namen fanden.

Auf Catjas Klingeln reagierte niemand.

Sie wollte es erneut versuchen, als ein leises Quietschen sie herumfahren ließ.

Durch den Nieselregen nahte eine alte Dame mit Rollator. »Sie sind von der Polizei?«

»Wie kommen Sie darauf?«

»Weil Sie bei diesem Eikel klingeln.«

»Sie kennen ihn?«

»Sie sind doch von der Polizei, oder?«

Catja holte ihre Dienstmarke hervor. »Sie haben recht.«

»Endlich!« Die alte Dame nickte grimmig. »Endlich kümmert sich mal jemand um den. Hat lange genug gedauert.«

»Was?«

»Ich weiß nicht, wie oft ich schon bei Ihnen angerufen habe! Jede Nacht diese unerträgliche Musik, immerzu nur Roland Kaiser, und dann noch der Qualm und der Gestank. Das ist nicht zum Aushalten, das können Sie mir glauben!« Sie hob ihren Blick die Fassade hoch. »Macht er Ihnen nicht auf?«

»Er scheint nicht da zu sein.«

»Licht brennt aber bei ihm.«

»Wo könnte er sein?«

»Woher soll ich das denn wissen, ich ...« Die alte Dame brach ab. »Da! Da kommt er doch!«

Sydow folgte ihrem Fingerzeig.

Eine Plastiktüte mit klirrenden Flaschen in der Hand schlurfte ein Mann durch den Regen – in Jeans, schwarzem Hoodie, mit kurzgeschorenen Haaren.

Zweifellos der Mann von gestern Abend.

Er gefror in der Bewegung. Dann ließ er die Plastiktüte fallen. Die Flaschen zerplatzten auf dem Bürgersteig. Er wirbelte herum, wollte über die Straße davonrennen.

Allerdings war seine Bewegung derart ungelenk, dass sich sein Schuh in der Trageschlaufe der Tüte verfing. Mit einem überraschten Laut stolperte er vom Bordstein und stürzte der Länge nach auf den Asphalt. Hupend trat ein Autofahrer auf die Bremse. Eikel schrie. Wenige Zentimeter vor ihm kam der Wagen zum Stehen.

In der gleichen Sekunde war Sydow bei ihm, packte ihn am Kragen und riss ihn empor.

»Das«, Catja zückte Handschellen, »nennt man wohl Glück im Unglück.«

EINUNDDREISSIG

»Isa!« Ihre Mutter stand erstarrt auf der Türschwelle. »Ich fasse es nicht!«

Isa, geblendet vom plötzlichen Licht, wollte ihr antworten.

»Guten Abend, Frau Beckmann«, sagte Sam, der sich von Isa löste und aus dem Bett hochstemmte. Mit einem freundlichen Lächeln streckte er die Hand zur Begrüßung aus.

Isas Mutter zuckte angewidert zurück, als könne sie sich bei der geringsten Berührung eine schlimme Krankheit einfangen. »Ich dachte«, ihr Blick kehrte zu Isa zurück, »ich hätte mich klar ausgedrückt.«

»Mama ...«

»Ich will deinen«, Isas Mutter spuckte das Wort förmlich aus, »*Freund* hier nicht mehr sehen!«

Sam blieb davon ungerührt. Er lächelte weiter. »Ich denke ...«

»Was *Sie* denken interessiert mich einen feuchten Kehricht.«

»Mama«, setzte Isa ein zweites Mal an.

Wieder kam Sam ihr zuvor. »Ich meine ...«

»Und Ihre Meinung interessiert mich noch viel weniger!« Zornig funkelte Isas Mutter ihn an. »Finden Sie nicht, Sie haben schon genug angerichtet?«

»*Mama!*« Isa hob ihre Stimme. »*Es reicht jetzt.*«

»Keineswegs, siehst du denn nicht, wohin dich das alles mit ihm führt?« Mit der Hand beschrieb ihre Mutter einen Kreis, der alles umfasste – Isa, das chaotische Zimmer, Sam, die Straße vor dem Haus, die Stadt, die ganze Welt. »Lukas ist tot und *er*«, anklagend wies ihr Finger auf Sam, »er hat ...«

»Also bitte!«, fiel Sam ihr ins Wort. Endlich erlosch sein Lächeln. »Dass Lukas tot ist, dafür kann ich ja nun wirklich nichts.«

»Sie waren doch gestern Abend mit den beiden unterwegs!«

»Ja schon, aber ...«

»Na bitte!« Isas Mutter breitete die Arme aus, als wolle sie sagen: *Brauchen Sie noch einen anderen Beweis?* »Und jetzt verlassen Sie unsere Wohnung, sonst ...«

»*Sonst was?*«, stieß Isa hervor. »Was willst du tun? Die Polizei rufen?«

»Genau *das* habe ich vor.«

Isa lachte, aber es klang alles andere als amüsiert. »Das ist doch ...«

»Sie steht ja noch vor der Tür«, ihre Mutter wirbelte herum, wollte in die Diele davonstapfen, »nur ein Wink und ...«

»*Und dann?*«, blaffte Isa. »*Was dann? Glaubst du ...*«

»Isa«, Sam legte ihr die Hand auf den Arm, »ist schon gut.«

Prompt blieb Isas Mutter in der Diele stehen.

»Nein«, widersprach Isa, »gar nichts ist gut!«

»Doch, ich gehe.« Mit einem beschwichtigenden Lächeln wandte sich Sam zur Tür.

Isa sprang aus dem Bett. »Dann komme ich mit.«

»*Ganz sicher nicht!*«, protestierte ihre Mutter. »*Oder wie willst du das der Polizei erklären?*«

»Das lass mal ...«

»Deine Mutter hat recht«, sagte Sam, »du bleibst zu Hause.«

»Aber ...«

»Hier sind die Bullen, hier werden sie am besten auf dich aufpassen können.«

Wie im Triumph überkreuzte Isas Mutter die Arme vor der Brust.

Für einen Augenblick rang Isa mit sich selbst. »Warte«, sagte sie dann, »ich bring dich noch raus.«

Sie folgte Sam bis zur Wohnungstür.

Als er ins Treppenhaus trat, schlang sie die Arme um ihn. »Tut mir leid«, flüsterte sie.

»Schon gut, deine Mutter macht sich nur Sorgen.«

»Dann hat sie eine seltsame Art, das zu zeigen.«

»Mütter sind so.«

»Das macht es nicht besser.«

»Trotzdem, du musst das verstehen, die Sache gestern, dieser Mord, dann dass du den Mörder auch noch gesehen hast und ...« Sam brach ab, kniff die Augen zusammen, als käme ihm plötzlich ein ganz anderer, besorgniserregender Gedanke. »Hat die Polizei eigentlich schon einen Verdacht?«

Isa presste die Lippen aufeinander.

»Oder kann sich der Mörder noch immer frei bewegen?«

Ihre Anspannung wuchs.

Sam schien es zu spüren. »Hey, Süße«, mit den Händen umfasste er ihr Gesicht, »wenn du Hilfe brauchst, meldest du dich, versprochen?«

»Versprochen!« Sie gab ihm einem Kuss.

Kaum dass er die Stufen hinunterlief, vermisste sie ihn schon wieder. Sie wollte ihn rufen, aber da schlug bereits die Haustür unten zu.

»Isabell«, hörte sie die Stimme ihrer Mutter hinter sich.

Langsam drehte sich Isa zu ihr um.

Sie macht sich nur Sorgen.

Isa beschlich ein schlechtes Gewissen. Vielleicht hatte Sam recht. Vielleicht tat sie ihrer Mutter

Unrecht. Vielleicht waren Mütter tatsächlich immer so.

Vielleicht.

»Es ist nur zu deinem Besten«, sagte ihre Mutter.

Fast hätte Isa wieder losgelacht. »Ach ja?«

»Ja, ich glaube ...«

»Glaubst du wirklich, nur weil du Sam aus dem Haus wirfst, dass ich ... dass ich ihn nie wiedersehe? Dass alles dann ein Ende hat?«

»Isa ...«

»Dass alles wieder wie früher wird, als Papa noch lebte? Dass wir wieder eine glückliche Familie werden, uns alle liebhaben und ... Ach, Scheiße!«

»*Isa!*«

»Du schaffst es ja nicht einmal jetzt, nach ... nach gestern Abend, mir kein schlechtes Gewissen einzureden. Als wäre ich schuld an Lukas' Tod. Als hätte *ich* ihn umgebracht.«

»Das hab ich doch gar nicht gesagt!«

»Aber du denkst es, oder?«

Ihre Mutter zögerte mit einer Antwort, einen Tick zu lang.

Wutentbrannt stürmte Isa in ihr Zimmer.

»Jetzt warte doch!«, ihre Mutter eilte ihr nach.

Isa schleuderte den Morgenmantel aufs Bett, schnappte sich wahllos Shorts und ein Shirt vom Boden.

»Isa«, ihre Mutter beobachtete sie von der Türschwelle aus, »du musst endlich ...«

»Musst *du* nicht zur Arbeit?« Während sie sich das T-Shirt überstreifte, wirbelte Isa herum.

»Soll ich dich jetzt etwa alleine lassen?«

»Wieso nicht? Was willst du denn machen? Mir noch mehr Vorwürfe? Ich kann sie nicht mehr hören!«

»Du bist ...«

»Außerdem steht doch die Polizei vor der Tür, die passt auf mich auf!«

»Isa.« Ihre Mutter machte einen Schritt auf sie zu.

»*Verschwinde!*« Isa wich vor ihr zurück. »*Lass mich in Ruhe! Hörst du? Lass mich endlich in Ruhe!*«

Sekundenlang starrten sie einander an.

Dann wandte sich ihre Mutter ab und verschwand mit hängenden Schultern ins Schlafzimmer.

Unten in der Wohnung des alten Krause setzte Volksmusik ein.

Humpta humpta humpta.

Mit einem Stöhnen sank Isa aufs Bett. Ihr Herz raste. Ihre Hände zitterten.

Nur langsam begann sie sich zu beruhigen.

Normalität.

Aber das Gefühl von eben wollte sich nicht mehr einstellen.

ZWEIUNDDREISSIG

Sydow schwieg, während ein stickiger, verschmierter und zerkratzter Aufzug sie rumpelnd in die sechste Etage trug.

»Scheiße«, zeterte Eikel zum wiederholten Mal, »was soll ich denn jetzt wieder getan haben?«

»Verraten *Sie* uns das doch«, sagte Catja.

»Nee, gar nichts habe ich getan!«

»Wieso sind Sie dann vor uns weggerannt?«

»Hey, Sie stehen einfach da, glotzen mich an, was sollte ich denn da denken?«

»Ja«, grummelte Sydow, »da müssen Sie natürlich gleich vom Schlimmsten ausgehen.«

»Hier in Berlin? Immer! Das müssten Sie als Bulle doch am besten wissen.«

Sydow ersparte sich eine Antwort. Außerdem klingelte sein Handy.

Er nahm den Anruf entgegen. »Tom?«

Prompt rückte Catja etwas näher an ihn heran, damit sie mithören konnte.

»Ich habe diesen Franz Eikel überprüft«, sagte Tom, »dreiunddreißig Jahre alt, hat seine Lehre zum Koch abgebrochen, sich für eine Weile als

Musiker verdingt, offenbar ziemlich erfolglos. Hatte danach etliche Aushilfsjobs, Kurierfahrer, Spülhilfe, Warenverräumer, zuletzt sogar – Achtung! – in einer Reinigungsfirma.«

»Reinigungsfirma?«

»Allerdings nur eineinhalb Monate, außerdem war das vor zwei Jahren, seitdem ist er arbeitslos gemeldet, verschuldet, es laufen zwei Pfändungsverfahren.«

»Das ist alles?«

»Von wegen! Sachbeschädigung, mehrfache Körperverletzung, einmal hat ihn sogar seine Freundin Carmen Milowski angezeigt.«

Ohne ein Wort des Abschieds, trennte Sydow die Verbindung.

Mit einem Ruck hielt der Fahrstuhl. Die Tür ging auf.

»Hey, Mann«, sagte Eikel. »Was denn jetzt? Was wollen Sie von mir?«

Sydow schob ihn hinaus in den Flur. Das abgetretene Linoleum war übersät mit Brandflecken, die Wände nicht minder verunstaltet, nur ein Bruchteil der Lampen funktionierte. Mit dem Schlüssel, den sie Eikel abgenommen hatte, entriegelte Catja die Tür zu dessen Wohnung.

Ein Dunst aus Qualm, Bier und Schweiß schlug ihnen entgegen. Etwas in Sydow zog sich zusammen, als sie ins Wohnzimmer gelangten.

Also, wie viel haben Sie heute getrunken?

Das Zimmer sah kaum besser aus als der Rest des Gebäudes – der Teppich voller Brandlöcher, auf dem Couchtisch verschmierte Asche, Kippen, leere Bierdosen.

Auf dem Flachbildfernseher an der Wand plapperten die Geissens vor sich hin. *Eine schrecklich glamouröse Familie.*

Neben dem Sofa verstaubte eine Gitarre, der zwei Saiten fehlten. Einer zweiten Gitarre war das Holz eingetreten.

»Darf ich mich setzen?«, fragte Eikel.

Achselzuckend betrachtete Sydow die fleckigen Sitzpolster, die vollgemüllt waren mit Zeitungen, mehreren Schraubendrehern, einer Zange, einem Hammer, einer zerfledderten Produktbeschreibung und einem Staubsauger, dessen Beutelklappe weit aufklaffte.

Der Mief in dem Zimmer war kaum auszuhalten. Sydow ging zum Fenster und stellte es auf Kipp. Dankbar sog er frische Luft in die Lungen.

Unterdessen wollte sich Eikel zwischen seinen Plunder fallen lassen.

»Das lassen wir mal schön bleiben«, sagte Sydow mit einem Blick auf den Hammer, die Schraubendreher, die Zange und bugsierte Eikel auf einen Stuhl weit abseits der Werkzeuge.

Eikel wollte protestieren, wurde sich dabei aber seiner Handschellen bewusst. »Können Sie diese Dinger nicht ... Hey, Mann, was soll das?«

Sydow schaltete den Fernseher aus.

»Ich wollte das gucken!«

»*Wir* wollen reden«, sagte Sydow.

»Scheiße, ich wüsste nicht ...«

»Herr Eikel«, schnitt Catja ihm das Wort ab, »Sie sind der Ex-Freund von Carmen Milowski, richtig?«

»Nee, das kann man so nicht sagen.«

»Nicht?«

»Wir haben nur eine kleine Auszeit, aber das gibt sich wieder, ganz bestimmt.«

»Und deshalb haben Sie ihr gestern bei der Arbeit einen Besuch abgestattet.«

»Ich? Gestern? Nee, hab ich nicht. Aber ...« Er hob die Hände. »Können Sie mir nicht endlich diese Scheißdinger abnehmen?«

»Was haben Sie zuletzt beruflich gemacht?«, fragte Catja statt einer Antwort.

Irritiert über den Themenwechsel sah Eikel sie an. »Ich bin ...«

»... seit zwei Jahren arbeitslos.«

»Na und? Kann ja mal vorkommen.«

»Was war mit Ihrem letzten Job, in der Reinigungsfirma?«

»Der Chef war ein Arsch.«

»Verstehe.« Sydow deutete auf die Couch. »Was ist mit dem Staubsauger?«

Eikel guckte ihn verwirrt an.

»Ist er kaputt?«

»Ja.«

»Sie haben versucht, ihn zu reparieren.«

»Ja, Mann.«

»Was nicht geklappt hat.«

»Scheiße, nein«, sagte Eikel und hob die Arme, »ich hab eher zwei linke Hände.«

»Solange es fürs Trinken reicht.«

Noch ehe Eikel etwas entgegnen konnte, ergriff Catja wieder das Wort: »Also? Wo waren Sie gestern Abend?«

»Ich ... ich war essen.«

»Alleine?«

»Ist das ein Verbrechen?«

»Wo?«

»In einer Pizzeria, ein paar Straßen weiter.«

»Ab wann?«

»So ab ... ab siebzehn Uhr.«

»Wie lange?«, hakte Catja nach.

Eikel zuckte mit den Schultern. »Eine ganze Weile.«

»Was man dort auch bezeugen kann?«

»Natürlich.«

»Und Sie waren nicht im *Kinder-Spiele-Tobe-Land,* um ...«

»Scheiße, Mann, nein!«

»Und wie kommt es, dass die Überwachungskamera sie dort gestern Abend gefilmt hat, so ab ... ab siebzehn Uhr.«

Eikel setzte zu einem neuerlichen Protest an. Dann fiel er zurück aufs Sofa. »Na und? Dann war ich halt da.«

»Warum?«, fragte Catja.

»Warum wohl?« Eikel grinste. »Zum Spielen und Toben.«

»Sie waren keine zwei Minuten drinnen!«

»War halt nicht mein Ding, also dachte ich mir ...«

»*Ich* denke«, schnitt ihm Sydow das Wort ab, »Sie begreifen den Ernst Ihrer Lage nicht.«

Eikels Grinsen wurde noch breiter. »Nicht?«

»Frau Milowski, Ihre Ex-Freundin ...«

»Ich sagte doch, sie ...«

»... wird seit gestern Abend vermisst.«

Schlagartig wurde Eikel ernst. »Und jetzt ...«

»... gibt es einige Anzeichen, dass sie ermordet wurde.«

»Sie wurde ... was?«

Für Sekunden war nur das Babygeschrei aus einer Nachbarwohnung zu hören. Von draußen drang das Geheul sich nähernder Einsatzfahrzeuge. In die sich Eikels leise Stimme mischte. »Sie ist tot?«

»Was haben Sie gestern Abend im *Kinder-Spiele-Tobe-Land* gewollt?«, fragte Catja.

»Ich hab ihr nichts getan.«

»Warum waren Sie dort?«

»Ich ...« Eikel schüttelte den Kopf. »Ich wollt nur mit ihr reden.«

»Nur reden?«

»Ja, Mann, nur reden, weil sie doch ...«

»Du gehörst zu mir«, sagte Catja.

»Was?«

»Haben Sie ihr das geschrieben?«

»Na und?«

»Du und ich – für immer.«

»Scheiße, ich hätte ihr nie etwas zu leide tun können.«

»Du wirst dich noch umsehen.«

»Verdammt«, fluchte Eikel, »ich ... ich war nur wütend.«

»Sie sind vorbestraft«, sagte Catja. »Sach-beschädigung, Körperverletzung. Ihre Ex-Freundin hat Sie sogar einmal angezeigt.«

»Ich bin ...«

»Sind Sie diesmal ein bisschen weitergegangen?«

»Ich hab doch gestern gar nicht mit ihr gesprochen. Sie war beschäftigt, hatte die Kasse. Scheiße, sie hat mich gar nicht gesehen, also bin ich wieder abgehauen.«

»Und dann?«

»Bin ich nach Hause gegangen.«

»Nicht noch einmal zurück?«

»Nein, ich … ich hätte ihr wirklich … niemals …«

Sydows Telefon klingelte.

Es war Eggensberger, sein Chef.

Das Geheul der Einsatzfahrzeuge ertönte jetzt ganz nah. Als führen sie unten auf der Straße vor.

Sydow nahm den Anruf entgegen. »Erwin.«

»Max, warum hast du mich nicht informiert?«

DREIUNDDREISSIG

Isa lag wieder auf ihrem Bett.

Humpta humpta humpta.

Während unten in einem fort die Volksmusik des alten Krause dröhnte, wuselte Isas Mutter hektisch in der Wohnung herum. Immer wieder führte sie dabei Selbstgespräche oder fluchte.

Auf wen sie schimpfte, war nicht zu verstehen, allerdings hatte Isa eine ungefähre Ahnung.

Irgendwann vernahm sie ein Schlüsselrasseln. Schritte, die sich ihrem Zimmer näherten. Vor der Tür blieb ihre Mutter stehen.

Isa schickte ein stilles Stoßgebet zum Himmel.

Bitte nicht!

Für Sekunden war nur die Musik von unten zu hören.

Isa malte sich aus, wie ihre Mutter in der Diele vor dem Zimmer stand, verbissen mit sich und den Vorwürfen und Klagen rang.

Dann wurde ihr Gebet erhört.

Gott sei Dank.

Ihre Mutter machte kehrt. Schnellen Schrittes stapfte sie zur Wohnungstür. Diese quietschte wie immer, gleich darauf schlug sie krachend ins Schloss.

Endlich war Isa alleine. Für eine Weile rührte sie sich nicht, ließ stattdessen das Gefühl auf sich wirken. Wirklich entspannen konnte sie sich allerdings nicht.

Was weniger an der Musik des alten Krause lag, ganz im Gegenteil.

Humpta humpta humpta.

Normalerweise ging ihr sein allabendliches Gedudel auf die Nerven, jetzt allerdings war sie ihm dankbar dafür.

Sie war sich nicht sicher, ob sie die Stille ertragen hätte, in der jedes Dielenknacken, das Surren des Kühlschranks, jedes andere Geräusch im Haus geklungen hätte wie –

Hör auf!

Andererseits: Bei dem Lärm hörte sie erst recht nicht, falls sich jemand –

Nein, hör auf damit! Sofort!

Sie atmete durch, wälzte sich herum, als könne sie so die Gedanken abstreifen, doch einmal in

172

ihrem Schädel, ließen sie sich nicht mehr vertreiben.

Sie presste die Lider zu. Prompt hatte sie die Bilder von gestern Abend wieder vor Augen, und sie bereute die Entscheidung, alleine zu bleiben.

Sie hatte keinen Schimmer, was sie mit sich anfangen sollte. Aber sich vor Angst den Kopf zermartern, wollte sie auch nicht.

Ruh dich etwas aus, lies ein Buch, guck einen Film …

Sie öffnete die Augen, rollte sich auf die andere Seite.

… etwas Normalität wird dir guttun.

Sie rief sich in Erinnerung, dass die Polizei vor der Tür stand.

Die passt auf mich auf!

Sie tastete nach irgendeinem Buch unter dem Nachtschränkchen.

Zuerst bekam sie einige Zeitschriften zu fassen, aber für alte Schlagzeilen fehlte ihr die Lust. Sie entschied sich für *Die App,* dem Sticker auf dem Cover nach ein Bestseller.

Eine Freundin hatte ihr den Thriller geschenkt. Warum, konnte sie nicht einmal mehr sagen.

Sie las die ersten Kapitel, es fiel ihr jedoch schwer, sich auf die Geschichte zu konzentrieren. Außerdem stand ihr noch weniger der Sinn nach Mord und Totschlag, auch wenn er nur fiktiv war.

Sie war erleichtert, als das Signal einer eintreffenden WhatsApp-Nachricht erklang.

Sie war von Sam.

Unten verklang die Musik. Vermutlich war der alte Krause ins Bett gegangen. Jetzt war's im Haus still. In der Wohnung, in Isas Zimmer.

Viel zu still.

Ihre Finger schwebten über dem Telefon. Vielleicht sollte sie endlich Sam's Nachricht lesen, ihm eine Antwort schicken.

Sie sehnte sich nach seiner Nähe und Wärme zurück, nach dem Prickeln, das seine Finger auf ihrer Haut erzeugten, und auch nach seiner Entschlossenheit.

Was sprach dagegen, ihn zu fragen, ob er nicht zu ihr zurückkommen konnte? Ihre Mutter würde bis morgen Früh auf der Arbeit sein.

Isa musste lächeln, als sie daran dachte, wie er sich vorhin zwischen den Sträuchern auf Nachbar Krauses Terrasse versteckt, sich ins Haus geschlichen und ihrer Mutter trotz aller Beleidigungen zur Begrüßung –

Isa hielt inne, als ihr ein anderer Gedanke kam. Kein schöner Gedanke.

Wollen Sie sagen, meine Tochter ist in Gefahr?

Wenn sich schon Sam an den Polizisten vorbei ins Haus schleichen konnte, was bedeutete das für den Mörder?

Mit einem mulmigen Gefühl stand sie auf, eilte hinüber in die Küche und warf einen Blick aus dem Fenster. Ein Frösteln kroch ihren Nacken hinauf. Der Streifenwagen vor dem Haus war verschwunden.

Ein plötzliches Geräusch aus dem Treppenhaus ließ sie herumfahren. Sie hastete in die Diele, glaubte Schritte zu hören, nur leise, als schliche jemand nach oben. Als versuche er zu verhindern, dass man ihn hörte. Das Rascheln verklang in der ersten Etage. Vor ihrer Wohnung.

Isas Herz klopfte wie wild, als sie auf Zehenspitzen vor den Türspion trat. Im Treppenhaus war es dunkel. Die Gestalt, die vor der Tür stand, war nur ein finsterer Schemen, groß, breitschultrig, gefährlich. *Ganz sicher nicht Mama.*

Ein leises Klirren war zu vernehmen, dann ein Kratzen.

Jemand machte sich am Schloss zu schaffen.

VIERUNDDREISSIG

»Himmel, Max!«, wiederholte Sydows Chef. »Warum hast du mich nicht informiert?«

»Worüber?«

»Dass ihr einen Verdächtigen habt! Diesen Eikel, Franz Eikel!«

Sydows Blick suchte den angeblich Verdächtigen, dessen Überheblichkeit in der stickigen Luft seiner Wohnung verpufft war. Einem Häufchen Elend gleich hockte er zwischen altem Krempel.

»Max«, sagte Eggensberger. »Du solltest mich auf dem Laufenden halten.«

»Ganz offensichtlich bist du es.«

»Doch nur, weil ich zufällig davon erfahren habe.«

»Zufällig? Von wem?«

»Darum geht es doch gar nicht.«

Da war sich Sydow nicht so sicher.

Ich habe durch Zufall von der Sache erfahren.

»Es geht darum«, sagte Eggensberger, »dass ich dich ausdrücklich darum gebeten habe, mir unverzüglich Bescheid zu geben, sobald du neue Ermittlungsergebnisse hast.«

»War das eine Bitte oder ein Befehl?«

»Himmel, Max, ich habe dir doch erklärt, wie heikel diese Angelegenheit ist, falls es sich tatsächlich um Clan-Kriminalität handelt.«

Sydow antwortete nicht.

»Aber«, mit einem Mal klang Eggensberger versöhnlicher, »das hat sich ja offensichtlich erledigt.«

»Tatsächlich?«

»Habt ihr denn bisher irgendeine handfeste Spur, die deinen ursprünglichen Verdacht untermauert?«

Sydow verkniff sich den Hinweis, dass es Eggensberger selbst gewesen war, der am Mittag als Erster diese Vermutung geäußert hatte.

»Aber jetzt«, sagte Eggensberger, »habt ihr einen Verdächtigen, der sich zur Tatzeit nachweislich am Tatort aufgehalten hat. Daran lassen die Aufnahmen der Überwachungskamera keinen Zweifel. Was aber noch viel wichtiger ist: Er hat ein handfestes Motiv. Und: Er hat für eine Reinigungsfirma gearbeitet. Eine Reinigungsfirma, verstehst du?«

Sydow zögerte mit einer Antwort.

Eggensberger schien sein Schweigen misszuverstehen. »Gut!« Er schnaubte zufrieden. »Der Haftbefehl ist auf dem Weg, ich habe dir drei Streifenwagen geschickt, außerdem Tom. Sie sollen die Wohnung von diesem Eikel auseinandernehmen, derweil holst du dieses Mädchen zur Gegenüberstellung, machst den Fall wasserdicht.«

»Und was ist, wenn ...«

»Max, was soll denn sein? Der Fall ist so gut wie abgeschlossen, was willst du mehr?« Eggensberger legte auf.

Verdrossen stopfte Sydow das Telefon in die Jackentasche.

Er spürte Catjas fragenden Blick.

»Herr Eikel«, sagte er, »wie war das gestern Abend noch gleich, nachdem Sie das *Kinder-Spiele-Tobe-Land* verlassen haben?«

»Sagte ich doch, ich bin nach Hause.«

»Kann das jemand bezeugen?«

»Sehen Sie hier jemanden?«

»Herr Eikel, ich verhafte Sie wegen des dringenden Tatverdachts ...«

»Hey!«

»... der Ermordung von Carmen Milowski ...«

»Das können Sie nicht machen!«

»... und von Lukas Löschner.«

»Lukas ... wer? Wer soll das sein? Scheiße, Mann, ich hab nichts gemacht!«

Sydow wandte sich zur Tür.

»Äh, Max?«, rief Catja ihm nach. »Und was ist mit *ihm*?« Sie zeigte zu Eikel.

»Hast du doch gehört, er ist verhaftet. Die Kollegen kommen gleich, bis dahin bleibst du bei ihm.« Er wartete Catjas Reaktion nicht ab, lief stattdessen zum Fahrstuhl.

Draußen hatte der Regen zugenommen, deshalb verlor er nicht viele Worte, wies Tom und den wartenden Streifenbeamten den Weg nach oben.

Danach eilte er zum Audi.

»Wo soll Eikel hin?«, fragte Catja, als sie ihm endlich nachkam.

»Den sollen die Kollegen aufs Präsidium bringen.« Sydow ließ sich auf den Beifahrersitz fallen.

Catja wollte noch etwas erwidern, ließ es aber bleiben. Mit einem Gähnen klemmte sie sich hinter das Steuer und startete den Motor.

Irgendwas ist heute anders, erklang Tim Bendzko aus dem Autoradio, *was ist hier passiert?*

An Sydow nagte Unbehagen.

Allerdings schwor er sich, heute nichts weiter als Sprudelwasser zu trinken.

Definitiv keinen *Drink!*

Nicht weil in der Mittelkonsole immer noch einem Menetekel gleich die *Airwaves strong* lagen.

Sondern weil er einen klaren Kopf bewahren wollte.

Als wisse sie um seine Gedanken, sagte Catja: »Du zweifelst an Eikels Schuld, oder?«

FÜNFUNDDREISSIG

Voller Panik wirbelte Isa herum. Sie rannte ins Wohnzimmer, wo sie die Balkontür aufriss. Der Wind peitschte ihr den Regen ins Gesicht.

Sie zögerte, barfuß wie sie war, nur in Shorts und einem Shirt.

Worauf wartest du?

Ihr Blick hetzte über den Hinterhof, der still und verlassen lag im Abenddunkel.

Aber das hat nichts zu bedeuten!

Von der Wohnungstür erklang ein Knirschen.

Isa schaute über die Brüstung hinab auf die Terrasse. Die erste Etage lag zu hoch für einen Sprung.

Viel zu hoch!

Aus der Diele war knackendes Holz zu hören.

Na los!

Isa stopfte das Handy in die Tasche der Shorts und kletterte über die Blumenkästen. Auf der anderen Seite des Balkonsimses fand sie mit den Zehen Halt auf dem schmalen Vorsprung.

Als sie das Haltegitter der Blumenkästen packte, bohrte sich eine spitze Schraube schmerzhaft in ihren Handballen.

Sie heulte auf, biss sich auf die Unterlippe, hangelte sich erst mit der verletzten Hand, dann mit der anderen hinab. Ein, zwei Sekunden baumelte sie mit den Beinen in der Luft.

Die Türangel quietschte.

Erschrocken ließ sie los. Sie fiel und –

Der Aufprall auf der Terrasse erschütterte ihren ganzen Körper. Schlagartig waren auch die Schmerzen im Knie zurück.

Los doch! Später kannst du deine Wunden lecken!

In der Wohnung des alten Krause begann die Dogge zu bellen.

Mach schon!

Stöhnend stemmte sich Isa empor, schlug humpelnd einen Bogen um einen Gartenstuhl, einen Sonnenschirm, einen Billiggrill, zertrat die Pflanzen in einem Blumenbeet.

Regen prasselte auf sie herab. Schon nach wenigen Metern war sie klitschnass.

Keuchend warf sie einen Blick zurück. Auf dem Balkon der Wohnung tauchte ein Mann auf, nur ein schwarzer Schemen in der Finsternis, groß, breitschultrig und furchteinflößend.

Isa trieb sich zu noch mehr Eile an.

Sie stolperte durch Beete und Rabatten, in denen Blumen wucherten. Sie schlängelten sich um ihre Knöchel, als wollten sie sie am Weiterkommen hindern. Steine bohrten sich in Isas nackte Fußsohlen. Jeder Schritt wurde zu einer noch größeren Qual.

Abermals blickte sie über die Schulter. Der Mann war über die Balkonbrüstung gestiegen und hangelte sich ebenfalls herab.

Obwohl sich jede Faser ihres Körpers dagegen sträubte, beschleunigte Isa noch einmal ihre Schritte.

Sie hastete durch einen Sandkasten, geriet ins Straucheln, drohte zu stürzen. Gerade noch hielt sie sich auf den Beinen und taumelte dem Hintereingang eines Altbaus entgegen.

Sie drückte die Klinke. Zum Glück, die Tür war offen. Ihr Herz schlug hinauf bis zum Hals, während sie das Treppenhaus durchquerte und auf der Vorderseite zur Straße hinauswollte. Sie hörte Stimmen und blieb stehen.

Vorsichtig spähte sie durch einen Spalt nach draußen. Auf dem Bürgersteig eilten Passanten vorüber, die Blicke auf Handys gerichtet. Ein Radfahrer sauste vorbei.

Isa trat ins Freie, hastete den Bürgersteig entlang, sah zurück. Niemand folgte ihr.

Gott sei Dank!

Kurz darauf tauchte der Eingang zur U-Bahn vor ihr auf. Dem Untergrund entwich ein verlockend warmer Luftzug.

Noch einmal schaute sie die Straße hinauf und hinunter.

Von ihrem Verfolger war weit und breit nichts zu sehen.

Hastig stolperte sie die Treppe hinab in die Tiefe. Eine U-Bahn fuhr ein, kam zum Stehen.

Isa taumelte in einen der Waggons, ignorierte die wenigen Passagiere, die sie in ihrer barfüßigen, klatschnassen Erscheinung skeptisch beäugten.

Verzweifelt behielt sie den Bahnsteig im Blick.

Los, fahr endlich!

Das Signal erklang, die Türen schlossen sich, die Bahn fuhr an.

Isa sackte erleichtert auf einen Sitz. Keuchend rang sie um Atem. Ihre Lunge drohte jeden Augenblick zu explodieren. Trotzdem gönnte sie sich keine Ruhe, wechselte eine Station später, am Halleschen Tor, die U-Bahn.

Um diese Uhrzeit waren kaum noch Leute unterwegs, dennoch inspizierte sie jeden, der in den Waggon einstieg, sich seltsam verhielt, ihr womöglich folgte. Aber da war niemand, der ihr verdächtig vorkam.

Für den Moment schien sie in Sicherheit zu sein. Fragte sich nur, wohin sie jetzt gehen sollte.

Zur Polizei?

Wohl kaum, die hatte sie schon beim ersten Mal nicht schützen können. Zurück nach Hause kam ebenfalls nicht in Frage. Aber sie benötigte dringend trockene Klamotten, Schuhe, einen Ort zum Ausruhen, sie brauchte etwas zu trinken.

Scheiße, sie brauchte Hilfe.

Wenn du Hilfe brauchst, dann meldest du dich, okay?

Als sie das Handy aus der Tasche ziehen wollte, griff sie ins Leere.

»Scheiße«, fluchte sie.

Das Telefon musste ihr beim Sturz vom Balkon aus der Hosentasche gefallen sein.

Und jetzt?

Erschöpft blickte sie aus dem Fenster. Der Zug rollte in den nächsten Bahnhof. *Kottbusser Tor.*

Sie lachte auf. Unbewusst war sie wohl in die richtige Richtung gefahren.

Zwei Stationen weiter stolperte sie auf den Bahnsteig und humpelte die Treppe hinunter ins Freie. Noch immer regnete es, aber das spielte keine Rolle mehr.

Sie ließ das Schlesische Tor hinter sich, hastete über den Bürgersteig zur Köpenicker Straße. Nach einem knappen Kilometer erreichte sie den hässlichen Zweckbau, der eingepfercht zwischen zwei Altbauten in den Nachthimmel ragte.

Sie erklomm die Stufen zur Tür, klingelte – doch Sam öffnete nicht. Auch der zweite Versuch blieb ergebnislos. Fluchend blinzelte sie durch den Regen hoch zu seiner Wohnung. Die Zimmer lagen im Dunkeln.

Wo steckt er? Im Park? Bei seinem Kumpel?

Sie konnte wohl kaum die ganze Stadt nach ihm absuchen, nicht in ihrem Zustand, nicht bei diesem Wetter.

Verzweifelt rieb sie sich das nasse Gesicht.

Den schwarzen SUV, der am Bordstein bremste, sah sie zu spät.

Zwei Männer sprangen ins Freie, rannten auf sie zu.

SECHSUNDDREISSIG

Nur die Musik erfüllte den Wagen. *Weil es keiner mehr weiß,* sang Tim Bendzko, *keiner mehr sieht.*

Mit einem entnervten Gähnen setzte Catja den Blinker und fuhr in Richtung Tempelhof.

»Wohin fährst du?«, fragte Sydow.

»Zu Isa, unserer Zeugin, wohin sonst?«

»Was wollen wir dort?«

»Äh, *sie* hat den Täter gesehen, *sie* kann Eikel identifizieren.«

»Kann sie das?«

Für einige Sekunden schien Catja über die Frage nachzudenken. »Du glaubst tatsächlich, er ist nicht der Mörder.«

»Was denkst du?«

»Zuzutrauen wäre ihm die Tat.«

»Ihm ganz alleine?« Kopfschüttelnd blickte Sydow nach draußen.

Im Nieselregel besaßen die Nachtlichter Berlins einen trügerischen Glanz.

Catja bremste vor einer Ampel. »Eikel könnte ...«

»Was? Einen Trupp Tatortreiniger ins Spieleland geschickt haben?«

»Na gut«, Catja lachte auf, klang aber wenig amüsiert, »das nicht unbedingt, aber immerhin hatte er …«

»… eine versiffte Bude, ist dir das etwa entgangen?«

»Das war schwer zu übersehen.«

»Und der Staubsauger?«

»Äh, was war damit?«

»Er kriegt ja nicht einmal seinen eigenen Staubsauger repariert! Glaubst du wirklich, *er* hat einen Tatort klinisch rein säubern und die Leichen spurlos verschwinden lassen können?«

»Hast du darüber nachgedacht, dass er uns das vielleicht nur glauben lassen möchte?«

Sydow schwieg.

Der Fall ist abgeschlossen, was willst du mehr?

Dass Eggensberger ausgerechnet seine Worte benutzt hatte, war ihm nicht entgangen.

»So oder so«, die Ampel sprang auf Grün und Catja gab Gas, »wir müssen Isa zur Gegenüberstellung aufs Präsidium fahren.«

»Jetzt?«

Catjas Blick folgte seinem zur Uhr am Armaturenbrett. Kurz vor elf. »Wann denn sonst?«

»Meinst du nicht, sie hat heute schon genug mitgemacht?«

»Und was ist mit dem kleinen Lukas?« Unwillkürlich beschleunigte Catja den Audi.

»Und mit Carmen Milowski? Sie sind nach wie vor verschwunden und ...«

»... beide sind tot«, vollendete Sydow ihren Satz, »daran besteht kein Zweifel, oder?«

Catja setzte zu einer Erwiderung an, blieb dann aber still.

»Selbst wenn beide noch leben würden, was ich nicht glaube, nicht nach allem, was wir über den Abend gestern und den mutmaßlichen Tatort wissen – aber selbst wenn! Ihnen ist nicht geholfen, wenn wir nachlässig werden, Details übersehen, Fehler machen. Wir sind den ganzen Tag schon unterwegs, hetzen von einem Ort zum nächsten, von einer Befragung zur anderen. Auch wir brauchen Schlaf.«

Catja schwieg.

»Fahren wir nach Hause.«

»Meinetwegen, aber ...«, Catja unterdrückte ein Gähnen, »... auf deine Verantwortung.«

Mit einem Kopfnicken sank Sydow tiefer in den Sitz.

Auf deine Verantwortung.

Mit einem Mal verlangte es ihn nach einem Drink, mehr denn je.

Und er verspürte im selben Augenblick Wut, nicht auf Catja, sondern auf sich selbst.

Wenn ich so durch ihre Straßen schaue, fällt mir auf, dass sie mich nicht mehr braucht.

In der Ilse-Straße waren die Tische vor der Eckkneipe geräumt. Die üblichen Gestalten hingen im Trockenen drinnen an der Theke.

In Melissas Zimmer brannte noch Licht. Einem Impuls folgend beschloss Sydow, heute mit ihr zu reden.

»Max?«, fragte Catja. »Alles in Ordnung?«

»Klar. Morgen früh um acht.«

»Soll ich dich wieder ...«

»Nein, wir treffen uns bei Isa.« Er stieg aus, schlug die Autotür zu und lief ins Haus.

Im Treppenhaus allerdings blieb er stehen. Er wartete, bis Catja weggefahren war. Dann trat er zurück auf den Bürgersteig.

Noch immer brannte Licht im Zimmer seiner Tochter. Ganz sicher würde er heute mit ihr reden. Heute würde er sich nicht wieder abwimmeln lassen.

Aber vorher –

Er eilte zu seinem Wagen.

SIEBENUNDDREISSIG

Alles in Isa sträubte sich gegen die neuerliche Anstrengung, trotzdem spurtete sie los.

Schneller!

Sie biss die Zähne zusammen, widerstand den Schmerzen, überquerte knapp vor einem herannahenden Auto die Straße.

Bremsen quietschten, die Hupe dröhnte.

Isa verschwand in der erstbesten Gasse, schnell, aber nicht schnell genug.

Die Schritte ihrer Verfolger näherten sich.

Noch schneller!

Sie spurtete über einen kleinen Platz, der ausgestorben in der regennassen Dunkelheit lag. Die Handvoll Geschäfte war verriegelt, auch das Café hatte geschlossen. Stattdessen kam vor ihr das grüne, rettende Schild einer S-Bahn-Station in Sicht. Der Bahnsteig allerdings war menschenleer.

Und das Schnaufen der Verfolger verriet, dass sie zu ihr aufschlossen.

Isa keuchte. Ihre Kräfte ließen bereits nach. Die nackten Füße schmerzten, die Beine wurden schwerer, ihr Atem ging stoßweise und –

Sie schrie, als sich etwas neben ihr bewegte, nach ihr griff.

Es war nur ihr eigener Schatten.

Gott sei Dank!

Sie rannte weiter, keine Ahnung, wohin. Aber der Schreck gab ihr einen neuen Schub.

Sie beschleunigte noch einmal ihre Schritte, bog in eine Straße nach links, gleich darauf nach rechts, noch einmal nach links, bis sie die Orientierung verloren hatte.

Sie hastete durch eine finstere Gasse und war überrascht, als vor ihr plötzlich der Eingang zum Görlitzer Park auftauchte.

Eine einsame Laterne verströmte fahles Licht.

Sie blieb stehen, beugte sich vor, stützte die Hände auf die Knie. Die nassen Klamotten klebten ihr am zitternden Leib, ihr Herz raste, die Lunge rasselte.

Sie drehte den Kopf nach links und rechts, nahm zum ersten Mal ihre Umgebung richtig wahr. Dichte Bäume säumten den Weg, der durch den Park führte. Leute waren bei dem Regen nirgendwo zu sehen, nur weit entfernt war das Rauschen der U-Bahn zu hören – und Schritte, die sich rasch näherten.

Mit einem Stöhnen setzte sie sich wieder in Bewegung, folgte dem Weg durch den Park, bis er auf der anderen Seite in einen Parkplatz mündete.

Zwei Autos standen dort geparkt. Von deren Besitzern war weit und breit nichts zu sehen. Allerdings stand in den Schatten am hinteren Ende ein Bulli, dessen Wageninneres erleuchtet war.

Ein Mann sprang zur geöffneten Seitentür heraus. Ein langer Bart wallte auf ein buntes Blümchenhemd hinab. Um die Beine schlackerte eine Schlaghose. Der Hippie lächelte bei Isas Anblick.

Ihr dagegen war kaum zum Lächeln zumute. Sie stolperte auf ihn zu. »Bitte ...«

Schlagartig wurde er ernst. »Geht es dir nicht gut?«

»Helfen Sie mir!«

»Brauchst du einen Arzt?«

»Nein«, ihr Blick hetzte zurück in die Dunkelheit, »nein, da sind ... Männer ... ich ...«

Die Panik in ihrer Stimme schien ihn zu überzeugen. Er fragte nicht weiter nach, deutete stattdessen in den Wagen, in dem ein wildes Durcheinander herrschte – eine Kochnische mit Schublade, die vor Töpfen, Tellern und Tassen überquoll, ein Kühlschränkchen, mehrere Pappkartons voller Klamotten und anderem Kram, ein zum Bett umfunktionierter Rücksitz.

»Hier!« Mit einem raschen Handgriff schob er Decke und Kissen beiseite und klappte den Sitz hoch. »Versteck dich!«

Verunsichert starrte Isa in einen kleinen, finsteren Verschlag, keinen Meter im Quadrat.

Sie vernahm rasche Schritte, die sich näherten.

»Mach schon«, sagte der Hippie, »schnell!«

Ohne zu zögern kletterte sie in das Loch. Kaum hatte sie sich zusammengerollt, klappte der Hippie den Sitz wieder herunter.

Dunkelheit hüllte Isa ein. Sie hörte, wie die Matratze über ihr zurechtgerückt wurde, die Decke und das Kissen raschelten. Und sie hörte die Schritte, die jetzt ganz nah waren.

»Guten Abend«, sagte ein Mann, während er um Atem rang.

»Guten Abend«, erwiderte der Hippie.

»Polizei, stehen Sie schon lange hier?«

»Eine Weile, ja. Warum? Ist hier ein Parkverbot?«

»Haben Sie gerade jemanden vorbeirennen sehen?«

»Außer Ihnen und Ihrem Kollegen?« Der Hippie schien zu überlegen. »Nein.«

»Kein junges Mädchen, barfuß, in Shorts und T-Shirt?«

»Nein, wie gesagt ...«

»Sicher?«

»Wenn ich es Ihnen doch sage.«

Ein kurzes Schweigen war zu hören, und der Regen, der auf das Bullidach trommelte.

Isa hielt die Luft an. Dann entfernten sich die Schritte. Für eine Weile geschah nichts. Noch immer wagte sie nicht zu atmen.

Bis der Sitz wieder hochklappte und das fahle Licht aus dem Wageninneren sie blendete.

Der Hippie grinste sie an. »Das war aber knapp.«

ACHTUNDDREISSIG

Sydow fuhr zur Karl-Marx-Allee.

Gegenüber der Thomasstraße hielt er an, blieb aber im Wagen sitzen.

Während der Regen auf die Windschutzscheibe plätscherte, ließ er seinen Blick über das Ärztehaus, den Hi-Fi-Laden, den Juwelier, die alte Eckkneipe gleiten.

Ohne Ergebnis.

Seit drei Monaten und zwölf Tagen.

Im Rückspiegel näherte sich ein älterer Mann mit einem Dackel.

Sydow konnte sich nicht erinnern, ihn schon einmal hier gesehen oder befragt zu haben. Er stieg aus. »Wohnen Sie hier?«

»Nee.«

»Kommen Sie öfter vorbei?«

Der Mann musterte ihn skeptisch.

»Kriminalpolizei.« Sydow zeigte ihm seine Dienstmarke. »Können Sie sich an den Unfall erinnern?«

Der Mann lachte auf. »Hier kracht's ständig.« Er zeigte zur Kreuzung.

»Vor etwa drei Monaten. Der Wagen prallte gegen diese Laterne.«

»Nee.«

»Eine Frau in einem Käfer.«

»Keine Ahnung.«

Wortlos setzte sich Sydow zurück in den Wagen. Noch ehe er begriff, was er tat, hielt er das Handy in der Hand und tippte die Kurzwahl.

»Max!«, seufzte Kalkbrenner.

Sydow wartete.

»Max«, wiederholte Kalkbrenner nach einer Weile. Und, nachdem er noch etwas gewartet hatte: »Was willst du hören?«

Das wusste Sydow selbst nicht, deshalb antwortete er nicht.

»Du musst aufhören, ständig anzurufen.«

»Ich ...«

»Wenn wir eine Spur von deiner Frau haben, erfährst du es als Erster, in Ordnung?«

Sydows Verlangen nach einem Drink wurde übermächtig.

Er startete den Wagen und fuhr nach Hause.

Noch immer brannte in Melissas Zimmer Licht. Er entsann sich seines Vorhabens, war sich plötzlich aber nicht mehr sicher.

Er gab sich einen Ruck, lief ins Haus, eilte die Treppe nach oben. In der Wohnung steuerte er zielstrebig das Zimmer seiner Tochter an.

Auf sein Klopfen reagierte sie nicht.

Er öffnete die Tür. »Melissa?«

Sie hatte das Licht gelöscht.

Im fahlen Schein der Straßenlaterne erkannte er ihren Schemen unter der Bettdecke.

»Melissa?«

Die Decke hob und senkte sich unter ihren Atemzügen.

Enttäuscht schloss er die Tür.

Zurück im Wohnzimmer startete er die CD.

I was born the king of fools, sang Social Distortion, *most people think I'm just a playboy breaking rules.*

Noch ehe er begriff, was er tat, hatte er sich einen Whisky eingeschenkt.

Mit einem Schluck kippte er ihn in sich hinein. Als er das Glas absetzte, traf sein Blick das Urlaubsfoto an der Wand.

Eine glückliche Familie?

Mittlerweile kam es ihm so vor, als wäre es nicht seine, sondern eine ganz andere, eine fremde Familie.

NEUNUNDDREISSIG

Unter Schmerzen kletterte Isa aus dem Bulli. Schlotternd stand sie im Regen, während sie sich ängstlich umblickte.

Der Parkplatz, der Görlitzer Park, die ganze Gegend lag still in der Nacht.

Der Hippie sah sie fragend an. »Alles gut?«

Gar nichts ist gut.

Stattdessen sagte sie: »Danke.«

Er zuckte mit den Achseln und öffnete die Beifahrertür. »Steig ein.«

Irritiert sah sie ihn an.

»Oder«, er musterte sie von Kopf bis Fuß, »willst du so hier im Regen stehenbleiben?«

Sie schluckte.

»Außerdem können diese Typen jeden Augenblick zurückkommen.«

Erneut ging ein Frösteln durch ihren erschöpften, gepeinigten Körper.

»Oder weißt du, wo du Unterschlupf findest?«

Sie deutete ein Kopfschütteln an.

Der Hippie nickte, als habe er nichts anderes erwartet. »Na los, fahren wir.«

»Wohin?«

»Egal, Hauptsache erstmal weg.«

Womit er nicht Unrecht hatte.

Kaum war Isa auf den Beifahrersitz geklettert, schlug er die Tür zu, umrundete den Bulli, klemmte sich hinters Steuer und startete den Motor, was einige Anläufe und einen knatternden Auspuff brauchte.

Während er vom Parkplatz auf die Wiener Straße tuckerte, drehte er die Wagenheizung auf.

Dann griff er in eine der Pappkisten hinter sich. »Hier«, er zog ein Handtuch hervor, »ich glaube, das kannst du gebrauchen.«

Das Tuch war löchrig und bereits benutzt, aber es war trocken. Und das war für den Moment das Wichtigste.

Dankbar rubbelte sich Isa das Haar ab und wischte sich übers Gesicht, dabei bemerkte sie die blutige Wunde an ihrer Hand.

»Hinten findest du Pflaster«, sagte der Hippie. »Klamotten, auch ein paar Schuhe.«

Unschlüssig linste Isa zur Rückbank.

»Nur keine falsche Scheu.« Er grinste. »Oder willst du dir 'nen Schnupfen holen?«

Fast hätte sie gelacht. Sie hatte weiß Gott andere Probleme als eine Erkältung. Aber sie war durchnässt bis auf die Haut, ihr war kalt, trotz der Heizung zitterte sie wie Espenlaub.

Also kraxelte sie vom Beifahrersitz nach hinten, fand in der Küchenschublade ein Pflaster, wühlte sich danach durch die Pappkiste voller Kleider. Sie fand ein Paar weißer, abgelatschter Espadrilles, wählte eine Schlaghose und ein Hawaiihemd, beides um einiges zu groß, aber auch das war ihr egal.

Sogar dass sie sich vor den Augen des Hippies umziehen musste. Andererseits hatte er sie in den nassen Klamotten eh schon halbnackt gesehen, und sie hatte nicht das Gefühl, dass es ihn sonderlich interessiert hätte.

Auch jetzt blickte er konzentriert nach vorne auf die Straße.

»Falls du was trinken möchtest«, aus der Mittelkonsole brachte er eine Thermoskanne zum Vorschein, »ich habe vorhin Tee aufgesetzt.«

Tatsächlich hatte sie Durst und leerte die Kanne in zwei Zügen.

»Möchtest du auch was essen?«

Sie schüttelte den Kopf.

»Siehst aber aus, als könntest du einen Happen vertragen. Schau mal neben das Bett, da liegt eine Tüte mit Gebäck.«

Erneut wollte sie abwehren, aber dann fiel ihr Blick auf die knusprigen Plunderteilchen, und ihr wurde klar, dass sie seit gestern kaum etwas gegessen hatte.

Plötzlich verspürte sie doch Hunger.

Sie nahm sich ein Teilchen und biss hinein. Es schmeckte so knusprig wie es aussah, süß und wunderbar lecker.

»Also«, hörte sie den Hippie sagen, während sie in der Dunkelheit seinen Blick im Rückspiegel spürte, »Polizei?«

Sie hatte schon die ganze Zeit auf die Frage gewartet. »Nein, das ... das kann nicht die Polizei gewesen sein.«

»Die beiden Männer hatten Dienstausweise.«

»Vielleicht ... gefälscht?«

»Sahen mir nicht danach aus.«

»Das ist unmöglich!«

»Warum?«

Während Isa das letzte Stück des Teilchens verzehrte, suchte sie nach einer Antwort, aber ihr fiel keine ein.

Das alles ergab keinen Sinn.

Weil sie noch immer Hunger hatte, nahm sie sich ein zweites Teilchen und biss hinein.

Unterdessen lenkte der Hippie den Bulli durch die Dunkelheit und den Regen, den das Scheinwerferlicht kaum zu durchdringen vermochte.

Er fragte nicht weiter nach, wofür Isa ihm dankbar war.

»Wo lebst du?«, hörte sie sich fragen.

Er zuckte mit den Achseln. »Mal hier, mal da.«

»Das heißt?«

»Gemeldet bin ich in Bielefeld ... warst du schon mal dort?«

»Nein.«

»Hast nichts verpasst.«

»Und wohin willst du?«

»Eigentlich wollte ich diese Nacht noch zu einem Trip nach Prag aufbrechen.«

Sie schwieg, plötzlich wieder voller Unbehagen.

»Aber das kann ich ja morgen auch noch«, fügte er hinzu.

Was sie beruhigte.

Er schien es ihr anzumerken. Die Scheinwerfer eines entgegenkommenden Autos streiften ihn, und Isa sah ihn lächeln. »Fritz«, sagte er.

»Wie bitte?«

»Ich heiße Fritz. Fischers Fritze.«

»Was?«

»Eigentlich Friedrich. Friedrich Fischer. Weiß der Geier, was sich meine Eltern dabei gedacht haben.«

»Wobei?«

»Friedrich! War doch klar, dass mich jeder Fritz nennt. Fischers Fritze.« Er lachte auf. »Und bevor du mich jetzt fragst, ja, früher war ich auf hoher See.«

Er schien ihr die Irritation anzumerken.

»Na«, fügte er hinzu, »von wegen: Fischers Fritze fischt frische Fische.«

»Echt jetzt?«

»Nein«, er lachte, »war nur ein Scherz.«

Sie konnte nicht anders, sie lächelte und griff nach einem weiteren Teilchen.

»Und du?«, hörte sie ihn fragen.

»Was ist mit mir?«

»Wie heißt du?«

»Isa. Also, Isabell.«

»Ah, Elisabeth.«

»Nein, Isabell.«

»Ja, das ist eine Abwandlung von Elisabeth und ...«, er dachte kurz nach, »Gott ist Glück.«

»Wie bitte?«

»Das bedeutet Isabell.«

»Nicht wirklich?«

»Wusstest du das nicht?«

»Nein.« Und wenn sie ehrlich war, fühlte sie sich alles andere als im Glück, nicht erst seit Kurzem.

»Sieh's als gutes Zeichen«, sagte Fritz, als wisse er um ihre Gedanken.

Unterdessen wich die Stadt vor immer mehr Feldern zurück.

Isa streckte sich auf dem Bett aus.

Sieh's als gutes Zeichen.

Eine angenehme Vorstellung.

Weniger angenehm allerdings war es, als ihr klar wurde, dass sie sein gesamtes Gebäck vertilgt hatte.

Fritz lachte, als er ihren schuldbewussten Blick bemerkte. »Ist schon okay.«

»Und was bedeutet Fritz, also ... Friedrich?«, wich sie aus.

Die Ampel sprang auf Grün. Fritz fuhr wieder an. »Das war lange Zeit einer der häufigsten männlichen Vornamen.«

»Aha.«

»Und er bedeutet ... der Friedensreiche. Oder der mächtige Beschützter.«

Sie sah ihn skeptisch an.

»Keine Lüge!«

»Was irgendwie passt«, stellte sie fest.

Er zuckte mit den Schultern. »Kann man so sagen.«

Vor ihnen tauchte ein Straßenschild auf, das in Richtung Schönefeld und A113 wies.

»Wohin fahren wir?«, fragte Isa.

»Keine Ahnung«, erwiderte Fritz, »wie gesagt, einfach nur weg.«

Zu ihrer Überraschung genügte ihr die Antwort. Es genügte ihr, dass sie nicht stillstanden, dadurch keinerlei Gefahr ausgesetzt waren.

Einfach nur weg.

Irgendwann tauchte die Autobahnauffahrt vor ihnen auf. Am Horizont glommen die Lichter des BER. In der Dunkelheit über ihnen zog blinkend ein Flugzeug hinweg.

Das Rauschen der Räder auf dem nassen Asphalt, das Auspuffknattern, selbst das Geplauder über Namen und ihre Bedeutung hatte etwas Beruhigendes.

Isa fragte: »Bist du Sprachforscher oder so?«

»Ich sehe mich eher als ein ... Weltreisender.«

»Arbeitest du nicht?«

»Nicht mehr. Ich war mal Lehrer.«

Sie verzog das Gesicht.

Er lachte auf. »So hab ich früher auch gedacht.«

»Trotzdem bist du Lehrer geworden.«

»Irgendwie hat sichs so ergeben. Und irgendwann war's okay, es war ein Job, ich hab Geld verdient, dabei etwas Gutes getan.«

»Als Lehrer?«

»Wissen vermitteln, Kinder auf das Leben vorbereiten.«

Isa glaubte Wehmut in seinen Worten zu hören. »Du klingst nicht überzeugt.«

»Na gut«, Fritz schnaubte, »vielleicht hab ich's mir eingeredet.«

»Deshalb hast du aufgehört?«

»Vermutlich säße ich heute immer noch in der Mühle, aber dann starb mein Vater. Den ich kaum gesehen habe. Als ich zwei war, hatte er sich von meiner Mutter getrennt, wegen einer anderen Frau.«

»Scheiße!«

»Ach was, ich hatte ihn kaum kennengelernt, konnte ihn also auch nicht vermissen. Aber als er starb, hinterließ er mir ein nicht unbeträchtliches Vermögen. Hatte wohl ein schlechtes Gewissen.«

»Und du hast deinen Job aufgegeben.«

»Sofort! Hättest du das nicht gemacht?«

Sie überlegte. Dann nickte sie. Vermutlich würde sie das gleiche tun. Ihre Taschen packen, ins Flugzeug steigen und –

»Nie mehr wiederkommen«, sagte er.

Sie schwieg.

»Das hast du doch gerade gedacht, oder?« Er lachte. »Ich auch. Ich hab mir den Bulli gekauft und bin losgefahren. Einfach der Nase nach.«

Sein Lachen war ansteckend, das Geplauder entspannte sie. Dass sie gesättigt und nicht mehr durstig war, ließ sie sich noch besser fühlen.

Lächelnd schloss sie die Augen. Nur kurz.

DIENSTAG
14. OKTOBER

VIERZIG

Sydow erwachte, weil er seine Tochter reden hörte. Jemand antwortete ihr. Er hatte Mühe zu verstehen, mit wem und worüber sich Melissa unterhielt, auch weil dabei das Küchenradio lief.

Doch während der Schlaf langsam von ihm abfiel, klang die Stimme zunehmend vertrauter. Außerdem stieg ihm der Duft von frischem Kaffee in die Nase.

Er schloss die Augen und gab sich der Vorstellung hin, dass er nur schlecht geträumt hatte, und alles unverändert war – Nina und Melissa, die sich am Frühstückstisch unterhielten, während er sich noch einmal kurz unter der Bettdecke streckte, den Geräuschen lauschte, dabei das behagliche Gefühl genoss.

Eine glückliche Familie.

Als er die Augen wieder öffnete, lag die Betthälfte seiner Frau nach wie vor verlassen, das Laken glattgezogen, die Decke ordentlich gefaltet.

Seit drei Monaten und dreizehn Tagen!

Das Wohlbehagen schwand.

Er stand auf und riss den Vorhang zur Seite.

Draußen ballten sich dicke, graue Wolken am Himmel. Der Regen hatte an Heftigkeit zugelegt.

In der Küche war Melissa verstummt, nur die Musik war noch zu hören.

Tage wie heute, sangen die Sportfreunde Stiller, *sind erfunden und gemacht, für schlechte Leute, bei denen nie gelacht wird.*

Während er die Morgentoilette erledigte, nahm sich Sydow fest vor, sich endlich seiner Tochter zu stellen. Und diesmal würde er nicht zulassen, dass sie ihm auswich.

Als er in die Küche trat, glaubte er sogar, dass sie diesmal selbst das Gespräch mit ihm suchte. Er konnte sich nicht entsinnen, wann sie einander das letzte Mal morgens am Frühstückstisch begegnet waren.

Zwar hatte sie nicht den Tisch gedeckt, dennoch schien sie auf ihn zu warten. Immerhin hatte sie Kaffee aufgesetzt.

Die eigene Tasse stand ausgetrunken vor ihr, sie selbst war auf das Handy konzentriert und tippte eine Nachricht.

Er zwang sich zu einem Lächeln. »Guten Morgen, Melissa.«

»Morgen.« Kurz schaute sie vom Telefon auf.

»Beginnt die Schule heute später?«

»Ja.«

»Also frühstücken wir ...«

»Nein«, noch immer war Melissa auf das Telefon fixiert, »ich habe noch was vor.«

Sydow spürte, wie die Hoffnung schwand und mit ihr der Vorsatz, endlich ein klärendes Gespräch zu führen. »Melissa«, beeilte er sich trotzdem zu sagen, »können wir vielleicht kurz ...«

»Ich ziehe aus!« Plötzlich schaute sie ihn an.

Verwirrt sitz' ich hier, wie blockiert, bohr mir 'n Loch in' Kopf mit Fragen.

Er rätselte, was ihn mehr erschütterte – ihre Worte? Oder der Blick, in dem sich Trotz, Vorwurf und Verachtung mischten?

»Du ...«, das Reden fiel ihm schwer, »du willst ausziehen?«

»Ich *werde* ausziehen.«

»Schon klar, nur ...« Er setzte sich auf den Stuhl ihr gegenüber. »Wann?«

Sie stand auf. »Nächstes Wochenende.«

»Wie lange hast du das schon geplant?«

»Spielt das eine Rolle?«

»Ich würde es gerne wissen.«

Achselzuckend räumte sie ihre Tasse in die Spülmaschine und wollte die Küche verlassen.

Er wollte es verhindern, sie festhalten. »Melissa!«

Zügig schritt sie in den Flur.

»Melissa, bitte!« Er sprang auf und eilte ihr nach.

Sie nahm ihre Jacke von der Garderobe.

Vergeblich suchte er nach den richtigen Worten. Das einzige, das ihm einfiel: »Kannst du dir eine Wohnung überhaupt leisten?«

»Ich habe einen Job.«

»Den bei *H&M*?«

»Ich bin inzwischen für die Schichtleitung verantwortlich.«

»Seit wann?«

Wieder hob sie nur die Schultern. Sie schnappte sich ihren Rucksack vom Boden und ging zur Wohnungstür.

»Warum hast du mir das nicht erzählt?«

Mit einem Ruck wirbelte sie herum. »Warum hast *du* mir nichts erzählt?«

Was?, wollte er fragen, bemerkte aber das Flackern in ihrem Blick. Er schluckte. Plötzlich hatte er ein Déjà-vu. Sie glich ihrer Mutter bis aufs Haar, nicht nur blond, schlank, mit den grünen Augen, sondern auch mit den Tränen.

Auch Nina hatte geweint, vor drei Monaten und dreizehn Tagen, kurz bevor sie –

»Ich weiß, was du getan hast«, sagte Melissa.

Er rang um Worte, fand jedoch keine, die nicht wie eine Lüge geklungen hätten.

Sie nickte, als fühle sie sich durch sein Schweigen nur bestätigt. »Was du und ... und diese ...«

»*Melissa!*«

Sie funkelte ihn an.

»Hat Mama dir davon erzählt?«

Wortlos wandte sie sich zur Tür, verließ die Wohnung und war weg. Im Treppenhaus verklangen ihre zornigen Schritte. Er dagegen stand reglos im Flur.

Bohr mir 'n Loch in' Kopf mit Fragen, die man sich stellt an diesen Tagen.

Erst das Handyklingeln riss ihn aus der Lethargie. Es war Catja.

Was du und … und diese …

Er nahm den Anruf entgegen. Seine Hände zitterten. »Ja?«

»Bist du schon unterwegs?«

»Gleich.« Er wollte auflegen.

»Max!«, rief Catja.

»Was?«

»Ich stehe hier vor Isas Haus und …«

»Ich sagte doch, ich komme gleich!«

»Ich glaube, wir haben ein Problem.«

EINUNDVIERZIG

Erst schlich sich ein eintöniges Regenprasseln in Isas Schlaf. Dann ein unregelmäßig wiederkehrendes Zischen.

Sie blinzelte verwirrt.

Wo bin ich?

Sie erkannte den Bulli, auf dessen zum Bett umfunktionierten Rücksitz sie geschlafen hatte. Daneben das Kühlschränkchen, die Kochnische, die Pappkisten, aus denen die bunten Kleider quollen. Über einem Seil, das quer durch den Wagen gespannt war, hingen ihr Shirt und die Shorts zum Trocknen.

Nach wie vor trug sie die Schlaghose, das Hawaiihemd, sogar die weißen, abgelatschten Espadrilles hatte sie noch an den Füßen.

Ihr Blick zum Fenster raus wurde zu beiden Seiten von den Containern tonnenschwerer Sattelschlepper versperrt. Nur ein schmaler Streifen grauen Himmels war zu sehen, aus dem es nach wie vor aus Kübeln goss.

Mit einem Gähnen stemmte sie sich hoch und –

Fritz schaute in den Wagen herein. Grinsend zog er die Seitentür auf. »Guten Morgen, du bist also ...« Sein Lächeln erstarb. »Oh, habe ich dich erschreckt? Entschuldige, das wollte ich nicht.«

Das Herz schlug Isa bis zum Hals.

»Was ist los?«

Sie bekam keinen Ton über die Lippen.

Scheiße!

Wann war sie gestern Abend eingenickt? Und wieso überhaupt? Wie zur Hölle hatte sie in dieser

Situation ruhig schlafen können – verfolgt von zwielichtigen Typen, in dem Wagen eines schrulligen Typen, dem sie wenige Stunden zuvor zum ersten Mal begegnet war?

»Isa?« Fritz sah sie besorgt an.

Ihr Blick floh zur Wagentür hinaus. Durch eine Lücke zwischen den Lkws entdeckte sie die vier Spuren einer Autobahn. Autos und Laster zischten über den regennassen Asphalt vorbei.

Immerhin das war geklärt: Sie befand sich auf einem Rastplatz.

Was sie allerdings nur bedingt beruhigte. »Wo ... wo sind wir?«

»In der Nähe von Potsdam.«

Warum Potsdam?, wollte sie fragen.

»Ich dachte mir, hier sind wir einstweilen sicher«, sagte Fritz. »Also? Alles gut?«

Nein!

Sie verspürte ein dringendes Bedürfnis, hatte einen schalen Geschmack im Mund und konnte sich selbst nicht mehr riechen. Außerdem hatte sie Angst. »Ich ... ich würde mich gerne etwas frisch machen.«

»Klar, die Waschräume sind gleich um die Ecke. Hast du Kleingeld?«

»Nein, ich ...«

»Hier, nimm«, er brachte zwei Euro aus seiner Hosentasche zum Vorschein. Dann griff er nach dem Handtuch von gestern Abend, kramte aus einer Schublade eine Reisezahnbürste und Zahnpasta hervor und drückte ihr alles in die Hand.

Sie eilte durch den Regen zu den Sanitäranlagen.

Auch während der kargen Morgenwäsche wollte sich die Furcht nicht legen. Sollte sie besser das Weite suchen? Nur – wohin?

Verunsichert kehrte sie schließlich zum Bulli zurück.

Fritz hatte es sich auf dem Bett bequem gemacht, auf einem Tablett vor sich Butter, Aufschnitt und Marmelade verteilt. Lächelnd gab er ihr eine Tasse Kaffee. »Hast du gut geschlafen?«

Sie nickte. »Wie ein Stein.«

»War wohl auch nötig.« Er reichte ihr einen Brötchenkorb. »Magst du?«

Sie pickte sich eine der Schrippen heraus.

Während sie sich über das Frühstück hermachten und der Regen weiter auf das Autodach plätscherte, begann sie sich zu entspannen.

Sie ärgerte sich über ihr Misstrauen. Es gab keinen Grund dafür.

Hätte Fritz etwas Böses im Schilde geführt, hätte er die letzten Stunden, während sie tief und fest geschlummert hatte, genug Möglichkeiten dazu gehabt.

Außerdem hat er dich gestern Abend gerettet.

Unvermittelt kam ihr ein anderer Gedanke. »Wo hast du denn eigentlich geschlafen?«

Schmatzend deutete er auf die Vordersitze.

»Echt jetzt?«

»Halb so wild. Du hast den Schlaf nötiger gehabt.«

Womit er vermutlich nicht ganz falsch lag. Sie fühlte sich erholt und von neuer Kraft erfüllt.

»Was hast du jetzt vor?«, fragte er.

Nachdenklich knabberte sie an dem Brötchen. Noch immer hatte sie keine Ahnung, was sie als Nächstes tun sollte.

Um ehrlich zu sein, am liebsten wäre sie in dem Bulli sitzengeblieben, mit Fritz weiter durch die Gegend gefahren, immer der Nase nach und –

»Komm doch mit nach Prag«, schlug er vor.

Sie zögerte. Dann schüttelte sie den Kopf. »Nee ...«

»Ich glaube kaum, dass man dort nach dir sucht.«

»Was soll ich in Prag?«

»Die Stadt ist auf jeden Fall eine Reise wert.«

»Ich kenne dort niemanden.«

»Du kennst *mich!*« Er lächelte.

Ihr dagegen war nicht nach Lachen zumute. Sie nahm noch einen Schluck Kaffee. Keine Frage, sein Vorschlag war verlockend, doch wie um alles in der Welt sollte sie in Prag ihre Probleme lösen?

Aber wie ihr das vor Ort gelingen sollte, wusste sie ebenso wenig.

»Wo willst du denn stattdessen hin?«, fragte Fritz. » Nach Hause?«

»Nee, auf keinen Fall, diese Typen ... die wissen, wo ich wohne.«

»Wohnst du alleine?«

»Mit meiner Mutter, aber ...«

»Macht sie sich keine Sorgen um dich?«

Isa seufzte. »Sie macht sich *immer* Sorgen.«

»Verstehe«, erwiderte Fritz mit einem wissenden Lächeln.

Isa dagegen spähte nach vorne zur Uhr am Armaturenbrett. »Außerdem ist sie noch bei der Arbeit.«

»Aber es wird doch sicherlich jemanden geben, bei dem du unterkommen kannst?«

Isa nickte, dann schüttelte sie den Kopf.

Fritz lachte. »Ja oder nein?«

»Ja, Sam, mein Freund.«

»Na also!«

»Nee, eben nicht. Diese Typen hätten mich gestern Abend fast bei ihm erwischt.«

Fritz, der in ein Brötchen hatte beißen wollen, hielt nachdenklich inne. »Ist dein Freund auch in Gefahr?«

Nein, lag ihr auf der Zunge. Aber wie sollte sie das wissen?

»Ich glaube«, plötzlich stieg Sorge in ihr auf, »ich sollte ihn dringend anrufen.«

»Du glaubst?«

»Nee«, beeilte sie sich zu sagen. »Kann ich ...«

»Tut mir leid, ich habe kein Handy.«

»Echt?«

»Echt. Aber hier an der Raststätte gibt es Telefonzellen.«

Isa war schon auf dem Sprung nach draußen, als ihr etwas anderes einfiel.

»Was?«, fragte Fritz.

»Ich ...« Sie errötete. »Ich kann Sams Nummer gar nicht auswendig.«

»Nicht?«

»Na ja, ich hab sie in meinem Handy gespeichert, aber ...« Sie hielt inne. »Ich fahre zu ihm!«

»Bist du sicher ...«

»Ja«, stieß Isa hervor, »ich muss wissen, ob mit ihm alles in Ordnung ist. Oder ihn warnen. Außerdem wird er wissen, was ich machen soll. Er ... er ist gut in solchen Dingen.«

»Solche Dinge?«

Sie nagte verlegen an der Unterlippe.

Zum Glück hakte Fritz nicht weiter nach. »Okay«, sagte er stattdessen. Zu ihrer Erleichterung fügte er hinzu: »Na los, ich fahre dich zu ihm.«

ZWEIUNDVIERZIG

Als Sydow Tempelhof erreichte, hatte er sich wieder gefasst.

Ich ziehe aus. So sehr Melissas Entscheidung ihn erschütterte, er hätte wissen müssen, dass sie sie früher oder später traf, und zwar nicht nur, weil sie bald siebzehn Jahre alt war. Vermutlich war es der einzig richtige Schritt.

Fragt sich bloß: für wen?

Am Platz der Luftbrücke geriet der Verkehr wegen eines Unfalls ins Stocken. Noch immer regnete es wie aus Kübeln. Das dichte, graue Wolkenfeld ließ keinen Zweifel, dass sich daran so rasch nichts ändern würde.

Unterdessen begannen im Autoradio die Nachrichten. Der Berliner Senat plante eine Migranten-Quote. In Tempelhof hatte es offenbar einen Doppelmord gegeben. Angebliche Opfer waren der dreijährige Lukas Löschner und –

Sydow schaltete das Radio aus.

Wenn davon erst einmal die Presse erfährt.

Prompt kehrte das Unbehagen zurück, wegen der Nachrichten, aber auch weil er in die Kreuzberg-straße bog und Catja sah. Sie stand unter einem Regenschirm vor einem unsanierten Altbau.

Ich weiß, was du getan hast.

Er verdrängte den Gedanken, parkte den Wagen und eilte durch den Regen auf seine Kollegin zu. »Was ist los?«

»Isa ist verschwunden.«

»Hast du sie auf dem Handy angerufen?«

»Es klingelt, aber sie geht nicht ran.«

Sydows Blick ging die Straße hinauf und hinunter. Autos und Lkws rauschten vorbei, spritzten das Wasser aus Pfützen auf. Passanten waren kaum unterwegs.

Er fragte: »Wo sind die Beamten, die ich zu ihrem Schutz abgestellt habe?«

»Nicht da.«

»Seit wann?«

»Keine Ahnung. Die waren schon weg, als ich gekommen bin.« Catja erklomm die Stufen zur Haustür, wo sie ihren Regenschirm schloss und abschüttelte. »*Das* hat mich ja so verwundert. Deshalb bin ich ins Haus, wo ich die Wohnungstür aufgebrochen vorgefunden habe.«

»Bist du in der Wohnung gewesen?«

»Äh, ja.«

»Alleine?«

»Hättest du dir keine Sorgen gemacht?«

Ich mache mir immer noch Sorgen.

Sydow blieb die Antwort schuldig, betrat stattdessen das Haus.

Knarzende Treppenstufen, die mit einem abgetretenen Sisalläufer überzogen waren, führten zu den drei Wohnungen der ersten Etage – eine rechts, eine links, der Rahmen der mittleren Tür war auf Höhe des Schlosses gesplittert.

Sydow streifte sich Einweghandschuhe über, dann schob er die Tür auf. Im fahlen Korridorlicht erkannte er einen kleinen Schuhschrank, neben dem sich etliche Sneakers türmten. An der Garderobe hingen Jacken, eine Handtasche, zwei Regenschirme.

Rechts ging ein Schlafzimmer ab, zweifellos das der Mutter. Gegenüber befand sich Isas Zimmer, ungleich kleiner, vollgestopft mit einem Bett, darauf zerwühlte Bettwäsche mit grellbuntem Graffiti-Druck, einem Kleiderschrank, dessen Inhalt sich am Boden verteilte – Shirts, Hosen, Röcke, Strümpfe, eine Schachtel mit Ohrringen.

Prompt hatte Sydow wieder seine eigene Tochter vor Augen, inmitten ihres chaotischen Zimmers.

Ich werde ausziehen.

Er rief sich zur Ordnung, während er ins Wohnzimmer lief, wo die Balkontür sperrangelweit offenstand.

»Vielleicht konnte Isa entkommen«, sagte Catja.

Sydow trat ins Freie. Unter einem der Blumenkästen entdeckte er einen Blutfleck.

»Hoffentlich«, sagte er und spähte über die Brüstung. Es waren knapp zweieinhalb Meter hinunter bis zur Terrasse. »Kannst du sie noch einmal anrufen?«

»Äh ...«

»Bitte!«

Catja tat wie ihr geheißen.

Gleich darauf erschallte von unten ein Telefonklingeln. Aus dem Blumenbeet ragte zwischen welken Chrysanthemen ein Handy in schwarzer Schutzhülle heraus.

Catja lief zurück ins Treppenhaus, nur wenig später überquerte sie die Terrasse und steckte das Telefon in einen Plastikbeutel.

»Mehrere Anrufe sind heute eingegangen«, sagte sie, nachdem sie zu Sydow zurückgekehrt war. »Allesamt von einem gewissen Sam. Zuvor hat er ihr drei WhatsApp-Nachrichten geschickt.«

Sydow warf einen Blick aufs Display.

Ist alles gut bei dir? Oder hat deine Mutter wieder rumgemeckert?, lautete die letzte, eingegangen vor einer halben Stunde.

Vor einer Stunde: *Ich kann vorbeikommen, muss deine Mutter ja nicht mitbekommen. ;-)*

221

Dreißig Minuten davor: *Wie geht es dir? Besser?*
Wollen wir uns treffen?

Ein Geräusch ließ Sydow herumfahren.

»Hey, was machen Sie denn hier?« Isas Mutter
trat ins Wohnzimmer. Das nasse Haar klebte ihr
am Kopf. »Waren Sie das mit der Wohnungstür?«

»Ist Isa bei Ihnen?«, fragte Catja.

»Nein, wieso fragen Sie? Ist sie denn nicht
hier?«

»Wann haben Sie sie zuletzt gesehen?«

»Wo ist sie? Ist das da Isas Handy?«

»Wo sind Sie gewesen?«

»Bei der Arbeit, ich ...«

»Sie haben Isa die Nacht über alleine gelassen?«

»Ich musste zur Arbeit. Außerdem wollte sie
doch alleine sein.«

Sydow grummelte. »Und da dachten Sie sich ...«

»Frau Beckmann«, schnitt Catja ihm das Wort
ab, »wann haben Sie die Wohnung gestern Abend
verlassen?«

Isas Mutter löste den zornigen Blick von
Sydow. »So um zehn, halb elf.«

»Sind Ihnen ein Wagen oder Leute vor dem
Haus aufgefallen?«

»Was denn für Leute?«

»Fremde. Die sich komisch verhielten.«

»Komisch?« Isas Mutter lachte gallig auf. »Hier
sind seit Tagen, Monaten, ach was, seit Jahren alle

komisch, ich ... ich komme ...« Sie sank auf die Couch. »Ist ihr etwas passiert?«

»Davon wollen wir erst einmal nicht ausgehen«, versuchte Catja sie zu beruhigen. »Was meinen Sie, wo könnte Ihre Tochter sein?«

»Glauben Sie ...«

»Bei wem könnte sie Unterschlupf gefunden haben?«

»*Sam!*«

»Sam«, wiederholte Catja.

Auch Sydow erinnerte sich an ihn. »Mit ihm hat Ihre Tochter den Sonntagnachmittag im Spieleland verbracht. Ihr Freund, oder?«

»Ich wünschte«, Isas Mutter schnaubte verächtlich, »er wäre es nicht.«

»Wie ist sein Nachname?«

»Das ... das weiß ich nicht.«

Sydow hob die Plastiktüte mit Isas Handy hoch. »Kennen Sie das Passwort Ihrer Tochter?«

Isas Mutter verkniff das Gesicht, als müsse sie überlegen. Dann schüttelte sie den Kopf.

Sydow verließ die Wohnung.

»So um zehn, halb elf«, sagte Catja, die ihm folgte. Der Vorwurf in ihrer Stimme war nicht zu überhören. »Das heißt, wir hätten Isa gestern Abend ...«

»Ja«, fiel er ihr ins Wort. »Und jetzt gib eine Suchmeldung nach ihr heraus.« Er drückte Catja das Handy in die Hand. »Und schick ihr Telefon in die KTU, vielleicht kriegen sie dort Zugriff auf die Daten.«

»Sollten wir …«

»… die Kollegen damit beauftragen, die Nachbarn nach letzter Nacht zu befragen. Wer hat etwas mitbekommen? Außerdem schick die Spurensicherung hierher, sie soll die Wohnung unter die Lupe nehmen, auch das Blut am Balkon. Dann treffen wir uns auf dem Präsidium.«

»Und dort werden wir … Max?«

Sydow eilte bereits durch den Regen zum Wagen.

DREIUNDVIERZIG

Nervös rutschte Isa auf dem Beifahrersitz herum.

Der Regen prasselte auf den Bulli, dessen alte, ächzende Scheibenwischer hoffnungslos überfordert waren. Ständig geriet der Morgenverkehr ins Stocken. Während sie im Schneckentempo über die Avus krochen, nagten an Isa auch die neuerlichen Selbstvorwürfe.

Sie versuchte sich mit der Musik abzulenken, die im Radio dudelte – aber vergeblich.

Ist dein Freund auch in Gefahr?

Warum zur Hölle hatte sie nicht schon viel früher an Sam gedacht?

Sie schlichen auf die Ausfahrt am Funkturm zu, und in Isa wuchs die Hoffnung, dass sie jetzt endlich schneller vorankamen. Doch kaum waren sie von der Autobahn runter, staute sich der Verkehr vor Aberdutzenden Ampeln.

Außerdem setzte die Musik aus, und die Nachrichten begannen.

Der Berliner Senat plante eine Migranten-Quote. In Tempelhof hatte es offenbar einen Doppelmord gegeben. Angebliche Opfer waren der dreijährige Lukas Löschner und –

Hastig schaltete Isa das Radio aus.

Falls Fritz sich darüber wunderte, ließ er sich nichts anmerken. Die Ampel sprang auf Grün. Er gab Gas, musste allerdings schon an der nächsten Kreuzung wieder hinter einer langen Schlange anhalten. Es dauerte eine gefühlte Ewigkeit, bis sie das Wirrwarr am Messezentrum tatsächlich endlich hinter sich gelassen hatten. Erst auf der Bismarckstraße floss der Verkehr flüssiger.

»Ich war Zeugin«, sagte Isa.

Fritz hüllte sich in Schweigen, als müsse er erst einige Zusammenhänge herstellen. Schließlich nickte er, als würde er verstehen. »Ganz schön aufregend.«

Isa lachte freudlos auf. »Unter aufregend stell ich mir was anderes vor.«

»Stimmt, du hast recht, vielleicht eher …«

»Scheiße!«, sagte sie.

»Könnte hinkommen«, pflichtete er ihr bei. Nach einer Weile fügte er hinzu: »Kanntest du die Männer gestern Abend eigentlich?«

»Nicht dass ich wüsste.«

»Es waren Polizisten.«

»Bist du sicher?«

»Ganz sicher. Allerdings wirkten sie auf mich nicht wie Beamte, die dich nur als Zeugin suchten.«

Beklommen nagte Isa an der Unterlippe.

»Du weißt, was das bedeutet, oder?«

Sie nickte.

Während sie weiter nach Kreuzberg fuhren, hing jeder seinen eigenen Gedanken nach.

Du weißt, was das bedeutet, oder?

Irgendwann tauchte die Schlesische Straße vor ihnen auf. Fritz verlangsamte den Bulli. »Würdest du die Typen wiedererkennen?«

»Ich … ich hab sie kaum gesehen.«

»Nichts, an das du dich erinnerst?«

»Es war dunkel, es hat geregnet, ich … ich hatte Angst.«

»Verständlich«, sagte Fritz.

»Da vorne«, Isa deutete auf die Kreuzung zur Köpenicker Straße, auf den hässlichen Neubau auf halber Strecke. »Da wohnt ...« Sie brach ab, als jäh die Erinnerung an gestern Abend zurückkehrte. »Die Typen fuhren einen SUV. Einen schwarzen SUV.«

»Gut«, befand Fritz, »sehr gut, das ist immerhin etwas.« Er fuhr an dem Haus vorbei bis zur nächsten Kreuzung, umrundete den Block, bevor er in Sichtweite des Hauses stehenblieb. »Wir sollten erst einmal abwarten.«

Minutenlang beobachteten sie den vorbeiströmenden Verkehr, Busse, Lkws, vereinzelte Fahrradfahrer, ganz selten auch Fußgänger, konnten aber niemand Verdächtiges ausmachen.

Immerhin, der Regen ließ nach.

»Da ist er!«, sagte Isa, als Sam auf den Bürgersteig heraustrat.

Missmutig blickte er hoch zum trüben Herbsthimmel. Dann tippte er etwas in das Handy, bevor er in Richtung U-Bahn-Station lief.

Isa wollte aus dem Bulli steigen.

»Warte«, Fritz hielt sie zurück, »nicht hier.« Er startete den Wagen und fuhr los.

VIERUNDVIERZIG

Sydow nahm den Aufzug in die dritte Etage des Präsidiums. Auf halbem Weg zu den Räumen des Morddezernats Berlin-Mitte fing Tom ihn ab. »Ich habe es gerade erfahren – Isa ist weg.«

Wortlos schritt Sydow weiter in sein Büro.

Der Boden war mit schwarzen Schlieren dutzender Gummisohlen übersät, die Wände hatten sich vom Zigarettenqualm ungezählter Überstunden gelb verfärbt. Stellenweise wellte sich die Tapete.

Auf dem Schreibtisch versank der PC-Monitor in einem heillosen Durcheinander aus Akten und Zetteln, die ihn vorwurfsvoll an andere, laufende Fälle, vermisste Menschen, Leichen, Verbrechen erinnerten. *So um zehn, halb elf, das heißt ...*

»Was hast du jetzt vor?« Tom stand im Türrahmen. »Trotzdem noch diesen Eikel vernehmen?«

Sydow hängte die regennasse Jacke an den Garderobenständer.

Nachdenklich rieb sich Tom den Bart. »Catja erwähnte es bereits, du bist nicht von seiner Schuld überzeugt, richtig?«

»Du etwa?«

»Na ja ...«

»Er sitzt seit gestern Abend in Untersuchungshaft, wie also soll er die einzige Zeugin, die ihn belasten könnte, überfallen haben?«

»Vielleicht ist doch was dran an der Mehrtäter-Theorie.«

»Habt ihr bei der Durchsuchung seiner Wohnung einen Hinweis darauf gefunden?«

»Nein, aber ...«

»Oder darauf, dass er überhaupt mit den Morden zu tun hat?«

Nach kurzem Zögern schüttelte Tom den Kopf.

Sydow quittierte das mit einem grimmigen Nicken. Er setzte sich an den Schreibtisch. »Was hat die Umfelderhebung von Biski erbracht, dem Betreiber des *Kinder-Spiele-Tobe-Lands*?«

»Bezüglich möglicher Verbindungen zur organisierten Kriminalität?« Erneut ließ Tom ein Kopfschütteln erkennen. »Nein, nichts. Was im Übrigen auch für die Angestellten gilt. Klar, es gibt das eine oder andere Vergehen, eine Mitarbeiterin wurde mit Marihuana erwischt, ein anderer hat kürzlich wegen wiederholter Tempoüberschreitungen seinen Führerschein verloren, aber das war's dann auch schon.«

»Und Carmen Milowski und ihr Verlobter Pavel Havemann?«

»Nichts, das Verdacht erweckt.«

»Was wissen die Nachbarn des Spielelands über den Tatabend?«

»Einer älteren Dame ist kurz vor Mitternacht ein Transporter aufgefallen, der den Parkplatz verlassen hat.«

»Auch das Kennzeichen?«, hakte Sydow nach. »Oder eine Aufschrift? Die Farbe?«

»Darauf hat sie leider nicht geachtet.«

»Auf den Fahrer? Den Beifahrer?«

»Ebenso wenig«, Tom zuckte mit den Schultern, »außerdem war es dunkel.«

»Aber aufgefallen ist ihr der Transporter?«

»Na ja, sie hat gedacht, es sei vielleicht eine Diebesbande, offenbar gab es zuletzt im Viertel einige Einbrüche.«

»Aber die Polizei gerufen hat sie nicht?«

»Die Wiederholung eines Rosamunde Pilcher-Streifens hatte gerade begonnen«, Tom verdrehte die Augen, »die hat sie nicht verpassen wollen.«

Seufzend startete Sydow den PC.

»Und nun?«

Die gleiche Frage stellte sich Sydow auch. Sie hatten nichts in der Hand, nichts außer diesen Eikel. Der sich ihnen wie auf dem Präsentierteller dargeboten hatte.

Schön blöd, natürlich. Aber du weißt ja, wie manche Täter ticken.

Die Fahrstuhltür öffnete sich, und Catja trat heraus. Sie ignorierte Sydow, eilte stattdessen zielstrebig ihrem eigenen Büro entgegen.

»Tom«, sagte Sydow, »ich möchte mir die Aufnahmen der Überwachungskamera noch einmal ansehen.«

Sein Kollege verschwand.

Keine halbe Minute später kehrte er zurück, verkabelte eine externe Festplatte mit Sydows Computer und öffnete eine darauf gespeicherte Datei. Der körnige Schwarzweißfilm, der mit einiger Verzögerung auf Sydows Monitor angezeigt wurde, war der gleiche vom Vortag.

Was hast du erwartet?

Der Eingangsbereich des Spielelands war zu sehen, der Kassentresen nur im Anschnitt, außerdem die unzähligen Kinder, die mit und ohne Eltern herumwuselten. Laut Timeline war es Sonntagabend, siebzehn Uhr achtundvierzig.

»Wonach suchst du?«, fragte Tom.

Schweigend sah Sydow zu, wie Franz Eikel, in einen dunklen Kapuzenpullover gehüllt, ins Bild kam. *17:52.*

Keine zwei Minuten später lief er wieder ins Freie.

Sydow spulte die nächste halbe Stunde vor, in der sich das Gebäude leerte, bis der Eingangsbereich nahezu verlassen lag. Um achtzehn Uhr zweiundzwanzig begaben sich die Angestellten in den Feierabend.

»Bis hierhin ist der Fall klar«, sagte Tom.

Bis etwa eineinhalb Minuten später wieder ein Mann das Spieleland betrat, wieder in einem schwarzen Hoodie, nur diesmal mit der Kapuze über dem Kopf und Handschuhen.

Sydow stoppte den Film, betrachtete die Gestalt. Kein Zweifel, eine Ähnlichkeit zu Eikel war vorhanden, aber ...

Ein Könnte hilft uns vor Gericht nicht weiter.

Er ließ das Video weiterlaufen, verfolgte konzentriert, wie um achtzehn Uhr einunddreißig der kleine Lukas Löschner durchs Bild lief, nur wenig später gefolgt von Isa Beckmann.

Sie gefror in der Bewegung, floh ins Gebäude.

Nichts weiter geschah, bis auf die Timeline, die unten am Bildschirmrand weiterlief und –

Moment!

Hatte Sydow das richtig gesehen? Er stoppte den Film.

»Was ist?«, fragte Tom.

Sydow spulte die Aufnahme einige Minuten zurück, wollte sie noch einmal starten.

»*Verdammt Max!*« Eggensberger stand im Türrahmen.

FÜNFUNDVIERZIG

Ungeduldig rutschte Isa auf dem Beifahrersitz herum. Seit mehreren Minuten folgten sie Sam mit einigem Abstand, doch Fritz machte keinerlei Anstalten, zu ihm aufzuschließen.

Stattdessen blickte er wiederholt in den Rückspiegel, spähte die Straße hinauf und hinunter, als wittere er jeden Augenblick und hinter jeder Ecke eine Gefahr. Was Isas Sorge nur befeuerte.

Erst als die U-Bahn-Station an der Schlesischen Straße vor ihnen aufragte, beschleunigte Fritz den Bulli. Direkt neben Sam kam er zum Stehen.

Erleichtert sprang Isa auf den Bürgersteig hinaus. »Sam!«

Der ließ fast das Handy fallen. »Scheiße, Isa, hast du mich ...« Der Rest seiner Worte ging in einer Umarmung unter.

»Gott sei Dank«, ächzte sie, »dir geht es gut.«

»Klar«, er schnaubte, »wieso auch nicht. Aber wo steckst du die ganze Zeit?«

»Ich ... musste ...«

»Ich versuch schon den ganzen Morgen dich zu erreichen.«

»Ich konnte nicht, ich ... ich hatte ...«

»Und wie siehst du eigentlich aus?« Er musterte sie von Kopf bis Fuß. »Was ist denn das für ein schrecklicher Fummel?«

Erst jetzt wurde ihr bewusst, welchen Anblick sie in Fritz' viel zu weiten Klamotten und den Espadrilles abgeben musste. Sie schüttelte den Kopf. »Ich brauche dringend neue Klamotten.«

»Und vergiss die alten nicht«, meldete sich Fritz vom Fahrersitz. Er drehte sich ins Wageninnere um, zog Isas T-Shirt und die Shorts vom Seil und reichte die Klamotten hinaus.

»Wer ist das?«, fragte Sam.

»Fritz«, sagte Isa, »er ... hat mich gerettet.«

»Gerettet?«

»Ach was«, lächelnd winkte Fritz ab, »war doch alles halb so wild.«

»Halb so wild?«, wiederholte Isa.

»Na gut, ein bisschen ... ereignisreich.«

»Ereignisreich?«, wiederholte Sam.

»Wie auch immer«, Fritz lachte auf, »ich mach mich dann mal vom Acker, hab ja noch eine lange Fahrt vor mir.« Er zwinkerte Isa zu. »Danke für die aufregende Zeit.«

Sam musterte Isa. »Was soll das heißen – aufregend?« Sein Blick ging zu den Klamotten in ihrer Hand, dann in den Bulli und zu dem Bett, auf dem noch immer das Kissen und die Decke aufgewühlt lagen. »Hast du die Nacht mit dem Kerl verbracht?«

SECHSUNDVIERZIG

Noch ehe Sydow etwas erwidern konnte, wandte sich sein Chef an Tom. »Lass uns bitte alleine.«

Eggensberger wartete, bis der Kriminaloberkommissar das Büro verlassen hatte. »Max«, er schloss die Tür, »was um alles in der Welt hast du dir dabei gedacht?«

Fragend hob Sydow die Augenbraue.

»Muss ich dir das jetzt tatsächlich erklären?« Eggensberger baute sich vor dem Schreibtisch auf, seine Miene war finsterer als die Regenwolken über Berlin. »Himmel, Max, wieso hast du dieses Mädchen nicht zur Gegenüberstellung gebracht?«

»Das hatte ich vor.«

»Ja, heute Morgen! Warum nicht gestern Abend schon, so wie ich es dir gesagt habe?«

»War das ein Befehl?«

»Max!« Mühsam schien Eggensberger die Wut zu zügeln. »Willst du mich auf den Arm nehmen?«

»Meines Wissens leite *ich* die Ermittlungen.«

»Und ich bin dein Vorgesetzter.«

»Also war es tatsächlich ein Befehl.«

»*Verdammt Max!*« Eggensbergers Gesicht färbte sich hochrot. »*Du hast den Fall verbockt!*«

Sydow verkniff sich eine Antwort.

Außerdem meldete sich das Telefon auf dem Schreibtisch. Die Nummer, die angezeigt wurde, war die der Pförtner unten im Präsidium.

»Max!«, sagte Eggensberger in das Klingeln. Er nahm die Brille ab, rieb sich entnervt die Nasenwurzel. Nur langsam normalisierte sich seine Gesichtsfarbe.

Erst als das Läuten verklang, schob er sich die Brille wieder auf die Nase und sprach weiter. »Ich dachte, der Fall ist klar.«

Sydow war sich da nicht sicher, aber auch das sprach er nicht aus.

»Erstens«, Eggensberger hob mahnend die Hand und begann mit den Fingern zu zählen, »dieser Eikel hat seine Ex-Freundin gestalkt und bedroht, er hat also ein Motiv, zweitens, er hat in einer Reinigungsfirma gearbeitet, drittens, und das ist noch viel wichtiger, er hat sich vorgestern Abend nachweislich am Tatort aufgehalten.«

»Eine halbe Stunde *vor* der Tat«, konkretisierte Sydow. »Ob er auch zur Tatzeit dort war, lässt sich anhand der Aufnahmen der Überwachungskamera nicht einwandfrei belegen.«

»Aber dieses Mädchen ...«

»Isa.«

»Wie bitte?«

»Ihr Name ist Isa. Isa Beckmann.«

Eggensberger machte eine abschätzige Handbewegung, als spiele das keine Rolle. »*Sie* hätte ihn möglicherweise identifizieren können.«

»Möglicherweise.«

»*Hätte* sie ihn identifiziert, wäre der Fall jetzt abgeschlossen.«

Sydows Telefon klingelte erneut.

Wieder waren es die Pförtner.

Er ließ es läuten, sagte stattdessen: »Selbst *wenn* Isa ihn identifiziert hätte, *wenn* also Eikel der Mörder wäre ...«

»Was wir«, unterbrach Eggensberger ihn, »schlimmstenfalls niemals erfahren werden, weil jetzt auch das, also, diese ...«

»Isa!«

»Ja, weil sie jetzt auch verschwunden ist.«

»Eben!«, sagte Sydow. »Weil sie im schlimmsten Fall aus dem Weg geräumt wurde.«

»*Sag ich doch!*«, blaffte Eggensberger.

Sydow ließ ihm einige Zeit.

Doch Eggensberger zog offenbar nicht die daraus folgenden Schlüsse. Stattdessen deutete er genervt aufs Telefon. »Willst du nicht endlich rangehen?«

In dieser Sekunde erstarb das Klingeln.

Sydow fragte: »Von wem?«

»Wie? Von wem?«

»*Von wem* wurde Isa aus dem Weg geräumt?«

Hinter den Brillengläsern kniff Eggensberger irritiert die Augen zusammen.

»Von unserem Verdächtigen Eikel jedenfalls nicht«, sagte Sydow. »Der sitzt nämlich seit gestern Abend in Haft.«

Etwas in Eggensbergers Miene veränderte sich.

»Was bedeutet«, fuhr Sydow fort, »es gibt einen weiteren, schlimmstenfalls sogar mehrere Täter, die an den Morden beteiligt waren. Woran, wenn ich dich erinnern darf, der Tatort ja keinen Zweifel lässt, wie uns die Spurensicherung erklärte. Ein Mann alleine hätte das niemals geschafft.«

Eggensbergers Zorn erlosch, der vorwurfsvolle Blick blieb. Allerdings verlor er kein weiteres Wort mehr. Brauchte er auch nicht.

Sydow machte sich selbst genügend Vorwürfe. Nicht weil er den Fall verbockt hatte, das hatte er nämlich nicht. Nach wie vor war er überzeugt, dass sie mit Eikel einen Unschuldigen verhaftet hatten, aber ...

So um zehn, halb elf, das heißt ...

.... er hätte Isa möglicherweise vor den Verfolgern bewahrt, wäre er mit Catja gestern Abend doch noch zu ihr gefahren.

Auf deine Verantwortung.

Als wisse er um seine Gedanken, nickte Eggensberger grimmig. »Max, was ist bloß los mit dir? Seit dieser Sache mit Nina, also ... Dein Verhalten ist alles andere als professionell.« Sein Blick streifte das Chaos auf Sydows Schreibtisch. »Und es bin nicht nur ich, der das mitbekommt. Es gibt sogar einige Beschwerden.«

Sydow wollte etwas erwidern.

»Und«, Eggensberger hob mahnend die Hand, »auf ewig kann ich dich nicht in Schutz nehmen, das sollte dir klar sein.« Er rückte die Brille zurecht. »Vielleicht solltest du einfach mal eine Auszeit nehmen.«

»Ist das auch ein Befehl?«

»Ein freundschaftlicher Rat. Noch.« Eggensberger öffnete die Tür und trat in den Flur.

»Erwin!«, rief Sydow.

Eggensberger drehte sich um.

»Hast *du* die Streife vor Isas Haus abziehen lassen?«

»Welche Streife?«

»Die ich zu ihrem Schutz abbestellt hatte.«

»Wieso fragst du?«

Weil du der Einzige bist, der meine Anweisungen als Ermittlungsleiter widerrufen kann. Aber das sprach Sydow nicht aus.

»Nein«, sagte Eggensberger, »das habe ich nicht. Warum hätte ich das tun sollen?«

Auch diese Frage stellte sich Sydow.

Nachdenklich sah er Eggensberger nach, der ohne ein weiteres Wort zum Fahrstuhl eilte.

Catja betrat sein Büro. »Vielleicht hat der Chef recht.«

Sydow musterte sie. *Und es bin nicht nur ich, der das mitbekommt.* Unvermittelt verspürte er Wut. Auf wen konnte er nicht einmal genau sagen, auf Eggensberger vielleicht. Auf die Kollegen. Auf Catja. Auf seine eigenen Unzulänglichkeiten.

Seit dieser Sache mit Nina …

»Catja«, hörte er sich sagen, »woher wusste Eggensberger von dem Fall?«

»Äh, wie meinst du das?«

»Er war gestern Morgen beim *Kinder-Spiele-Tobe-Land*, noch ehe wir überhaupt wussten, ob es sich tatsächlich um einen Tatort handelt.«

»Wahrscheinlich hat er es einfach mitbekommen. Spurensicherung, Kollegen, es waren ja genügend Leute vor Ort.«

»Und woher wusste er von Franz Eikel? Er hat uns gestern Abend angerufen, da standen wir mehr oder weniger gerade erst vor Eikels Tür.«

Ich habe durch Zufall von der Sache erfahren.

Einer von Sydows Kollegen hatte mal gesagt: *Reiner Zufall wäre Zufall.*

»Was willst du damit andeuten?«, fragte Catja. »Hast du sie noch alle?«

Sydows Zorn richtete sich endgültig gegen sich selbst. Welcher Teufel hatte ihn geritten? Wieso hatte er sich überhaupt zu einer Andeutung hinreißen lassen?

Es gibt sogar einige Beschwerden.

Er wandte sich dem Monitor zu. Noch immer zeigte der das eingefrorene Bild der Überwachungskamera.

Aus dem Augenwinkel bekam er mit, wie Catja das Büro verließ.

Als er den Film wieder zurück an den Anfang spulen wollte, ließ ihn ein Räuspern innehalten.

»Wieso gehst du nicht ans Telefon?« Einer der Pförtner stand im Türrahmen. »Hier ist Besuch für dich. Er sagt, er wäre dein Schwiegervater.«

SIEBENUNDVIERZIG

Isa glaubte sich verhört zu haben. »Wie bitte?«

Unterdessen ging Sams aufgewühlter Blick zwischen ihr und Fritz hin und her. »Ob ihr was miteinander habt!«

»Ist das dein Ernst?« Fritz lachte auf.

Was Sam nur noch mehr auf die Palme brachte.

Isa schüttelte den Kopf. »Was soll die Frage?«

»Eine einfache Frage!« Sam funkelte sie an.

»Hör mal«, sagte Fritz.

»Sam«, begann Isa, »ich ...«

»*Sag schon!*«, zischte Sam.

»Das ist nicht so, wie du denkst.«

»*Ach ja?*«

»Ich ... musste von zu Hause fliehen und ...«

»Wieso bist du nicht zu mir gekommen?«

»Du warst nicht da!«

»Hättest du auf mich gewartet.«

»Konnte ich nicht, ich musste ...«

»... zu diesem Freak? Schon klar!«

»Sam«, sagte Fritz, »jetzt komm runter und ...«

»*Du halt dich da raus!*«, fuhr Sam ihn an.

»Was immer du denkst, das ist...«

»*Halt die Fresse!*«

»Also bitte, mein Freund, jetzt mach mal ...«

»*Und dein Freund bin ich schon lange nicht!*« Sam wirbelte zu Isa herum. Wütend packte er ihre Hand. »Komm, lass uns gehen.«

»Aua!«, schrie sie auf, »du tust mir weh.« Bei dem Versuch, sich ihm zu entwinden, entglitten ihr die Klamotten. Sie fielen in eine Pfütze. »Oh scheiße, Sam!«

Erneut wollte er Isa packen.

Sie wich vor ihm zurück. »Lass das!«

»Lass sie!« Mit einem Satz sprang Fritz aus dem Wagen. »Sam, besser, du ...« Weiter kam er nicht.

Zornig wollte Sam ihm einen Schubs verpassen.

Fritz war schneller, fegte seine Hände beiseite. »Freundchen ...«

Mit einem Schnaufen holte Sam aus.

»Verdammt!«, rief Isa. »hör endlich auf!«

Sam schlug zu.

Doch erneut war Fritz wendiger, wich dem Hieb aus. Reflexartig zuckte seine Faust nach vorne und grub sich in Sams Magengrube.

Mit einem Würgen klappte der zusammen.

»Sam?« Bestürzt ging Isa neben ihm in die Hocke. »Was ...«

»Hau ab.« Er schubste sie weg und rappelte sich auf. »Lass mich ...«

»Sam!«

Er taumelte zur U-Bahn-Station davon.

ACHTUNDVIERZIG

Konsterniert starrte Sydow zur Tür. »Gustav ...«

»Ja, Max«, sein Schwiegervater zwängte sich am Pförtner vorbei ins Büro, »ich freue mich auch dich zu sehen.«

»Er ist also dein Schwiegervater?«, fragte der Pförtner.

»Natürlich!«, entgegnete Gustav ungehalten. »Herrgott, wieso hätte ich Sie belügen sollen?«

Der Pförtner lachte auf. »Wenn Sie wüssten, was hier für Leute ...«

»Danke«, unterbrach Sydow, stand auf, schob ihn aus dem Zimmer und schloss die Tür.

Als er sich wieder zu Gustav umdrehte, sagte dieser: »Hab's mir anders vorgestellt.«

»Was?«

»Dein Büro, irgendwie gemütlicher, einladender, wo du doch ansonsten nur mit Abschaum zu tun hast. Aber vermutlich färbt das ab.«

Sie starrten sich an, wie zwei Duellanten, die nur darauf lauerten, dass einer von beiden endlich die Waffe zog. Kaum vorstellbar, dass sie einmal so etwas wie beste Freunde gewesen waren.

Bis vor drei Monaten und dreizehn Tagen!

Fast ebenso lange waren sie einander nicht mehr begegnet.

Gustav schien in dieser Zeit schneller gealtert als in den siebenundsechzig Jahren zuvor. Sein Haar war grauer als Sydow es in Erinnerung hatte, außerdem länger, ungewaschen, zerzaust. Noch mehr Falten zerpflügten das unrasierte Gesicht. In den Augen glommen Verzweiflung und Wut.

Die Sydow ihm nicht einmal verübeln konnte. Trotzdem sagte er: »Gustav, du kannst nicht einfach herkommen und ...«

»Wo sonst soll ich mit dir reden?«

»Ich habe zu tun.«

»Das hast du doch immer, aber ... Herrgott, was willst du machen, mich von deinen Kollegen abführen lassen?«

»Mach dich nicht lächerlich.«

»Der Einzige, der sich lächerlich macht, bist du!«, sagte Gustav. Die plötzliche Verachtung in seiner Stimme überraschte Sydow.

»Max«, platzte Catja zur Tür herein, »Dr. Bodde war gerade da, ich glaube ...«

»Ich komme gleich!«, schnitt Sydow ihr das Wort ab.

»Entschuldige, ich wusste nicht, dass du ...«

»*Gleich, Catja!*«

»Ist sie das?«, fragte Gustav. »*Diese* Kollegin?« Er beäugte Catja von Kopf bis Fuß. »Sie sind doch diese Preußer, oder?«

»Äh, kennen wir uns?«

»*Ich* kenne *Sie!* Das reicht.«

Verwirrt blickte Catja zu Sydow.

Der fühlte sich wie vor den Kopf gestoßen.

Ich weiß, was du getan hast.

Catjas Blick kehrte zurück zu Gustav. Mit einem Mal schien sie zu begreifen.

Was du und ... und diese ...

»Ja«, aus Gustavs Worten troff noch mehr Abscheu, »ich weiß davon.«

Catja errötete.

»Nina hat uns angerufen und davon erzählt. Noch am ...«, ein Beben stahl sich in seine Stimme, »am gleichen Abend ist sie verschwunden.«

Catjas Scham wich der Verwunderung. Weil Sydow sie nicht in Schutz nahm, ging sie zur Tür. »Ich gehe dann mal besser.« Sie zog die Tür hinter sich zu. Krachend fiel sie in den Rahmen.

Gustav schaute zu Sydow, in seinem Gesicht stand unverhohlener Hass.

Sydow schluckte. Mit dem gleichen Blick hatte Melissa ihn am Morgen gestraft.

»Gustav«, er bemühte sich um einen ruhigen Tonfall, »ich verstehe, dass du wütend bist, und du hast auch allen Grund dazu, aber ...«

»Nina ist verschwunden! Unsere Tochter! Deine Frau! Melissas Mutter!«

»Das weiß ich. Aber was erwartest du von mir?«

»Dass du gottverdammt nicht aufgibst!«

»Ich ...«

»Sie kann nicht einfach verschwinden!«

»Gustav ...«

»Ihr Wagen wurde gefunden, gar nicht weit von eurer Wohnung. Sie hatte einen Unfall.«

Sydow schwieg.

»Herrgott, ihr lebt doch in einer Stadt, ständig sind Leute unterwegs, irgendeiner muss doch was mitbekommen haben.«

Das Gleiche sagte sich Sydow auch, und nur deshalb fuhr er seit drei Monaten und dreizehn Tagen jeden Abend wieder zur Unfallstelle, auf der Suche nach einem Hinweis, der ihnen entgangen war, oder nach einer Person, die doch noch etwas mitbekommen hatte.

»Was«, fragte Gustav, »was wenn ihr ... wenn ihr etwas passiert ist? Sie sich nicht erinnern kann? Sie in irgendeinem Krankenhaus liegt? Man hört doch immer wieder von solchen Fällen!«

Und aus eben diesem Grund rief Sydow jeden Abend aufs Neue die Kollegen an, die den Fall bearbeiteten. *Eben weil ich nicht aufgebe!*

Aber das erzählte er Gustav nicht, weil die Antwort noch weniger zu ertragen war. *Tut mir leid, ich habe nichts.*

Nina blieb seit drei Monaten und dreizehn Tagen spurlos verschwunden.

Gustavs Schultern sackten herab. »Ich halte das nicht mehr aus.«

Meinst du, mir geht es besser?

Sydow schwieg.

Gustav stieß ein enttäuschtes Schnaufen aus. Dann ging er zur Tür.

Auf halber Strecke drehte er sich noch einmal um. *Was ist bloß los mit dir?*

Weil Sydow noch immer nicht reagierte, trat er hinaus in den Flur und war weg.

Minutenlang starrte Sydow aus dem Fenster. Der Regen hatte nachgelassen, doch noch immer hingen die dichten, grauen Wolken über der Stadt.

Irgendwann kam Catja herein. »Max?« Zwischen ihren Fingern knisterte eine Plastiktüte.

Langsam drehte er sich zu ihr um.

»Das habe ich nicht gewusst. Ich dachte, das damals ...« Sie brach ab.

Das damals, vor drei Monaten und dreizehn Tagen, war für sie nur eine kurze, dumme Sache gewesen. Bereits am nächsten Morgen hatte sie sie vergessen. Für Sydow hatte sie alles verändert.

Manche Dinge passieren einfach so.

»Du hast nie ein Wort darüber verloren.« Nervös spielten Catjas Finger mit der Plastiktüte. »Dass deine Frau davon wusste. Dass sie, äh, dass sie wegen mir ... Ich dachte, sie ist erst später verschwunden.«

Beklommenes Schweigen herrschte, erfüllt nur vom Knistern der Tüte.

Bis Sydow es nicht mehr aushielt. »Was wolltest du mir vorhin sagen?«

Catja schien noch nicht fertig mit ihm, beließ es dann aber doch bei einem widerwilligen Murren. »Es geht um Agnes Seidel, die ermordete Obdachlose aus dem Viktoriapark. Ich befürchte, sie ist keinem Streit unter ihresgleichen zum Opfer gefallen.«

»Sondern?«

»Dem Mörder, der auch Lukas Löschner und Carmen Milowski auf dem Gewissen hat.«

NEUNUNDVIERZIG

Fassungslos sah Isa zur U-Bahn-Station.

Sam schaute noch einmal über die Schulter, zögerte, sein Blick allerdings war hasserfüllt, enttäuscht, traurig. Zu gerne hätte sie ihm nachgerufen, aber – was hätte sie ihm sagen sollen?

»Tut mir leid«, sagte Fritz.

Kopfschüttelnd drehte sie sich zu ihm um. »Du hast dich nur gewehrt.«

»Trotzdem, es tut mir leid.«

»Ich weiß nicht, was in ihn gefahren ist.«

»Ich glaube, er ist ziemlich verschossen in dich.«

»Das ist aber keine Entschuldigung für sein Verhalten.«

Fritz atmete durch. »Wollen wir erst einmal weg von hier?«

Zögerlich nickte sie, bevor sie in den Bulli stieg.

Fritz startete den Motor und gab Gas.

Häuser, Straßen, Menschen glitten an ihnen vorüber, alles wirkte wie immer.

Normalität.

Nur dass Isa keinen blassen Schimmer mehr hatte, wohin sie sollte.

»Mach dir keinen Kopf«, sagte Fritz.

Sie lachte gallig auf. »Das sagt sich so einfach.«

»Wir finden eine Lösung.«

»Wir?«

»Klar, warum nicht?«

»Und wie soll diese Lösung aussehen? Irgendwelche Typen jagen mich, offenbar steckt die Polizei mit drin, ich kann also noch nicht einmal ... Ach, Scheiße!« Mit Tränen in den Augen sank sie in den Sitz zurück.

Der Wunsch, aus der Stadt zu verschwinden, wurde übermächtig. Einfach weg, weit weg.

Wollen wir erst einmal weg von hier?

Sie wischte sich die Tränen weg. »Meintest du das vorhin ernst?«

»Was?«

»Das mit Prag.«

»Natürlich.«

Isa zögerte.

»Es ist deine Entscheidung«, fügte Fritz hinzu.

Sie holte Luft, richtete sich auf, straffte den Rücken. Sie hatte eine Entscheidung getroffen. »Ich komme mit.«

»Gut.« Fritz lächelte. Dann wurde er wieder ernst. »Was ist mit deiner Mutter? Meinst du nicht, du solltest ihr wenigstens Bescheid geben? Dass alles in Ordnung ist?«

»Ja, du hast recht«. Isa nickte. »Sicher finden wir unterwegs eine Telefonzelle. Fahren wir, okay?«

FÜNFZIG

Sydow schwieg überrascht.

»Erinnerst du dich an die Kette, mit der Agnes Seidel erdrosselt wurde? An das Medaillon?«

Catja reichte ihm die Plastiktüte. Darin befand sich der daumengroße, hellgrüne Anhänger.

Sydow entsann sich des stilisierten Engels. »Ja, das ist das Medaillon.«

»Nein.« Catja lächelte gequält. Erst jetzt bemerkte Sydow in ihrer anderen Hand eine weitere Plastiktüte. Darin lag das gleiche Medaillon.

»*Das*«, sagte Catja, während sie die Tüte schwenkte, »*das* ist das Medaillon der Kette, mit der Agnes Seidel erwürgt wurde.«

Sydow betrachtete die Tüte zwischen seinen Fingern. »Und *dieses* Medaillon?«

»*Dieses* hat die Spurensicherung heute Morgen im *Kinder-Spiele-Tobe-Land* gefunden. Es lag im

Kassenraum, in einer winzigen Ritze zwischen den Dielenbrettern unterm Tisch.«

Sydow betrachtete beide Anhänger aus der Nähe.

»Anscheinend«, fuhr Catja fort, »haben die Leute, die den Tatort so gewissenhaft gereinigt haben, doch etwas übersehen.«

So sehr er sich bemühte, er konnte keinen Unterschied zwischen den Schmuckstücken erkennen.

Nur beiläufig bekam er mit, wie Tom das Büro betrat.

»Es ist übrigens kein Engel«, fügte Catja hinzu. »Ich habe es nachgeschlagen, es ist der Heilige Benedikt, Schutzpatron der Lehrer.«

»Der Lehrer?«, wiederholte Tom.

Catja ging nicht darauf ein. »Das gleiche Medaillon an zwei verschiedenen Tatorten, das kann doch kein Zufall sein!«

Reiner Zufall wäre Zufall.

Sydow reichte ihr die Plastiktüte zurück. »Gibt es eine Verbindung zwischen den beiden Opfern, Agnes Seidel und Carmen Milowski?«

»Na ja«, sagte Tom, »wenn, dann hätten wir das doch bei den Umfelderhebungen festgestellt.«

»Es gibt mindestens zwei Verbindungen!«, bemerkte Catja.

Sydow nickte. »Die unmittelbare Nähe beider Tatorte, die ...«

Sein Handy klingelte. Er schaute aufs Display. Es war sein alter Kumpel Nicki. Es dauerte eine halbe Ewigkeit, bis das Klingeln erstarb.

»Und die andere Verbindung?«, griff Tom schließlich den Faden wieder auf.

»Der Modus Operandi«, erklärte Catja. »Beide Male waren es blonde Frauen. Agnes Seidel wurde mit einer Halskette erdrosselt, Carmen Milowski womöglich ebenfalls. Und beide Male ist das gleiche Medaillon im Spiel.«

»Mit dem Schutzpatron der Lehrer«, erinnerte Tom. »Ob das eine Bedeutung hat?«

»In solchen Fällen hat es fast immer eine Bedeutung«, sagte Catja.

»Du meinst ...«, Tom kratzte sich besorgt den Bart, »wir haben es hier mit einem, na ja, einem ...«

»... Serienmörder zu tun«, vollendete Catja den Satz.

»Einer«, fügte Sydow hinzu, »der Unterstützung gehabt haben muss.«

Ein Mann alleine hätte das niemals geschafft.

»Scheiße«, fluchte Tom, »habt ihr eine Ahnung, was das bedeutet?«

Mit wachsendem Unbehagen wandte sich Sydow wieder dem PC zu. Tatsächlich war er froh, sich endlich wieder auf etwas anderes als sein verkorkstes Privatleben konzentrieren zu können. Er ließ die Aufnahme der Überwachungskamera weiterlaufen. Der Eingangsbereich des Spielelands war zu sehen, der Kassenraum im Anschnitt. Außer der Timeline, die weitertickte, geschah nichts.

Fast nichts!

Sydow stoppte den Film.

Kein Zweifel, er hatte sich vorhin nicht geirrt.

»Was ist?«, fragte Catja.

Er spulte die Aufnahme um wenige Sekunden zurück, startete sie erneut.

»Verdammt!«, entfuhr es Tom.

»Beim besten Willen«, verzagt schüttelte Catja den Kopf, »ich kann nichts ...«

Sydows Handy meldete sich. Wieder Nicki.

Er ließ es läuten. Die Blicke seiner Kollegen ignorierte er, stattdessen spulte er die Aufnahme abermals zurück. Das Telefonklingeln erstarb, als er den Film von vorne startete.

»Die Timeline läuft nicht durch!«, sagte Tom.

»Oh«, machte Catja. »Du hast recht, sie ... sie springt um fünf Sekunden.«

»Also hat jemand die Aufnahme geschnitten.«

»Äh, aber wozu?«

»Na, weil vermutlich zu sehen war, wie der Täter aus dem Gebäude flieht.«

Erneut klingelte Sydows Handy. »Mag sein«, sagte er, »aber eine andere Frage ist viel wichtiger.«

»Nämlich?«, fragte Catja.

»Wieso hat man nicht einfach die komplette Aufnahme der Überwachungskamera gelöscht? Wozu der Aufwand?«

»Na ja«, erwiderte Tom, »um uns auf eine falsche Fährte zu locken und ...«

»Max«, unterbrach Catja. »Willst du nicht endlich rangehen?«

Sydows Handy läutete in einem fort.

»Offenbar ist es wichtig.«

Er zögerte.

»Wie lange soll das jetzt noch weitergehen?«

Die gleiche Frage stellte er sich auch. Zähneknirschend nahm er den Anruf entgegen. »Nicki.«

»Hi, Max.«

»Wieso rufst du an?«

»Wie geht's dir?«

»Kann ich dich später zurückrufen?«, fragte Sydow. »Ich habe ...«

»Ich muss mit dir reden!«

»Ich habe keine Zeit.«

»Es ist wirklich wichtig, Max. Es geht um Leben und Tod, und du bist der Einzige, der uns noch helfen kann.«

»Wem?«

»Mir und ... Mir und Mariella.« Mariella war Nickis Freundin. »Wir ... wir sind da in eine Sache geschlittert und wissen nicht mehr weiter.«

»Was für eine Sache?«

»Das würde ich dir gern persönlich erzählen.«

»Wie gesagt, Nicki, ich ...«

»Zehn Minuten.« Ein langer Atemzug. »Der alten Freundschaft willen. Wir wissen echt nicht weiter.«

»Und es ist wirklich dringend?«

»So dringend, dass ich vor dem Präsidium im Regen stehe.«

»Vor dem ...?« Sydow atmete tief durch. »Na gut. Komm rein und ...«

»Nein«, fiel Nicki ihm ins Wort. Jetzt klang er fast panisch. »Lieber nicht im Präsidium.«

»Was ...«

»Lieber woanders, bitte.«

»Einen Block weiter ist das *La Rocca*.«

»Kenn ich. Bin in fünf Minuten dort. Kannst du ...«

»Bis gleich.« Sydow legte auf.

EINUNDFÜNFZIG

Isas Anspannung legte sich, je näher sie der Stadtgrenze kamen. Sie fuhren durch Treptow, Schöneweide, schließlich Adlershof und bald darauf wichen die Häuser vor Feldern zurück. Keine sieben Kilometer mehr bis zur Autobahn. Isa erinnerte sich an gestern Abend, als sie schon einmal hier entlanggefahren waren. *In Sicherheit.*

»Wo hast du das gelernt?«, fragte sie.

Fritz wirkte, als habe sie ihn aus seinen Gedanken gerissen. »Was?«

»So zu ... kämpfen.«

»Ach was«, er winkte ab, »das war doch kein Kampf. Nur eine Reaktion.«

»Trotzdem!«

»Ich war Lehrer.«

»Was hat das denn ...«

»Da lernt man sich zu wehren.«

»Echt?«

»Ich war an einer Problemschule. Dort habe ich unterrichtet. Selbstverteidigung gehörte quasi zur Grundausbildung.« Er lachte auf. »Allerdings war dein Freund auch nicht wirklich geschickt. Vermutlich hättest sogar du ...« Den Rest sprach er nicht aus.

Isas Blick ging hinaus auf die Felder.

Vermutlich hättest sogar du ...

Noch immer war sie bestürzt über Sams Verhalten.

Ich glaube, er ist ziemlich verschossen in dich.

Sie fuhren an einer Laubenpieperkolonie vorbei, winzige Holzhütten mit einem Bäumchen oder einem Fahnenmast mit Deutschlandflagge vor der Tür. Die Autobahnauffahrt tauchte vor ihnen auf, kurz darauf bogen sie auf die A113.

Natürlich, irgendwie konnte sie Sams Eifersucht nachvollziehen. Vielleicht hätte sie nicht anders reagiert, hätte sie erfahren, dass er die Nacht bei einem fremden Mädchen verbracht hatte. Vielleicht.

Andererseits wusste er um ihre Situation. Und hätte er sie nicht ständig unterbrochen, hätte sie ihm erzählen können, was gestern Abend vorgefallen war. Dann hätte er es ganz sicher verstanden.

Aber jetzt?

Die Waltersdorfer Einkaufshäuser glitten an ihnen vorüber. *Möbel Höffner. Media Markt. IKEA.*

Isa war froh, unterwegs zu sein, sich für einen Moment keine Gedanken mehr machen zu müssen über –

»Diese Typen ...«, sagte Fritz und blickte in den Rückspiegel, »was meintest du, welchen Wagen fahren sie nochmal?«

»Einen schwarzen SUV.«

Er brummte.

Prompt meldete sich Isas Unbehagen zurück. »Wieso fragst du?«

»Vergiss es.«

»Nein, sag schon!«

Wieder warf er einen Blick in den Spiegel. »Seit einiger Zeit folgt uns ein schwarzer SUV.«

ZWEIUNDFÜNFZIG

Sydow erhob sich vom Stuhl.

Seine beiden Kollegen musterten ihn skeptisch. »Was ist los?«

»Ich muss kurz weg.«

»Jetzt?«, wollte Catja wissen.

»Hat das mit unserem Fall zu tun?«, fragte Tom.

»Nein.« Rasch streifte sich Sydow die Jacke über. Catja schnaubte.

»Aber ihr«, fuhr er fort, »solltet in der Zwischenzeit noch einmal nach weiteren Verbindungen zwischen den beiden Opfern suchen, Agnes Seidel und Carmen Milowski.«

»Ich sagte doch, die wären uns aufgefallen«, erwiderte Tom.

»Vielleicht. Vielleicht ergeben manche Dinge aber erst mit unserem jetzigen Wissen einen Zusammenhang.« Sydow trat in den Flur hinaus. »Ach so, checkt deshalb auch das ViCLAS.«

ViCLAS war die Abkürzung für Violent Crime Linkage Analysis System, einer internationalen

Datenbank, in der Tatort- und Opfermerkmale eingetragen wurden, damit ein Zusammenhang zwischen Serienstraftaten hergestellt werden konnte.

»Möglicherweise«, sagte Sydow, »gibt es noch andere, ungeklärte Mordfälle, in denen dieses Medaillon aufgetaucht ist.«

Während der Fahrstuhl ihn nach unten brachte, wuchs sein ungutes Gefühl.

Wieso hat man nicht einfach die komplette Aufnahme der Überwachungskamera gelöscht? Wozu der Aufwand?

Vielleicht hatte Tom recht. Indem der Film geschnitten worden war, hatte man die Polizei auf eine falsche Fährte schicken und Eikel als mutmaßlichen Täter verhaften lassen können. Nur war diese Täuschung derart stümperhaft, dass sie früher oder später auffliegen musste.

Welches Spiel wurde hier gespielt? Was hatte das Medaillon zu bedeuten? Welche Rolle kam Eggensberger dabei zu? Und überhaupt, wo steckte Isa? War sie überhaupt noch am Leben?

Auf deine Verantwortung.

Zu Sydows Unbehagen gesellte sich wieder das Schuldgefühl. Er hastete über die Karl-Liebknecht-Straße. Es kam ihm vor wie eine Flucht.

Immerhin, der Regen hatte noch immer eine Pause eingelegt.

Das *La Rocca* war eines von vielen Cafés, wie sie inzwischen zuhauf in Mitte existierten: minimalistisches Interieur, dessen Mangel an Behaglichkeit auch die laut plärrende Musik kaum wettmachen konnte.

Life can get you down, sang Ed Sheeran, *so I just numb the way it feels.*

Am hinteren Ende des Raums, verborgen im Schutz eines einsamen, opulenten Ficus, entdeckte Sydow seinen alten Kumpel.

Nicki hatte sich seit ihrer letzten Begegnung kaum verändert, sah mit den Sneakers, der Jeansjacke und dem Rucksack noch immer jünger aus als er tatsächlich war. Einzig die Sorgenfalte zwischen den Augen trübte das für ihn so typische Grinsen.

Er boxte Sydow gegen die Schulter. »Gut schaust aus.«

Daran hatte Sydow so seine Zweifel.

»Ich hab uns Kaffee bestellt.« Nicki deutete auf die beiden Kännchen auf dem Tisch. »Für dich immer noch mit Milch, oder?«

»Ich habe nur wenig Zeit.«

»Ganz der Alte.« Nicki lächelte. »Immer gleich auf den Punkt kommen, was? Smalltalk und ein wenig Schwätzen, wie die Schwaben in Bayern sagen, liegt dir immer noch nicht.«

»Was ist so dringend?«

»Ja ja, der alte Kommissar. Immer auf Verbrecherjagd. Wie geht's Nina? Hält sie es immer noch bei dir aus?« Nicki lachte. »Habe schon ewig nichts mehr von ihr gehört. Grüß sie lieb von mir, sag ihr ...«

Etwas in Sydows Miene ließ ihn innehalten.

»Was?« Nickis Lachen erstarb. »Was ist?«

I drown it with a drink and out of date prescription pills ...

»Also«, sagte Sydow. »Ich höre.«

»Seid ihr etwa nicht mehr zusammen?«

»Willst du mir jetzt verraten, was ...«

»Verdammt, Max, sag schon!«

Angestrengt holte Sydow Luft. Er hatte sich ganz sicher nicht mit seinem alten Kumpel getroffen, um mit ihm über Nina zu reden.

Ebenso sicher war er sich aber auch, dass Nicki jetzt keine Ruhe mehr geben würde, schließlich waren er und Nina ebenfalls viele Jahre lang befreundet gewesen.

Sydow sagte: »Sie ist weg.«

»Weg?«

Er nickte.

»Was soll das heißen? Weg? Hat sie dich verlassen?«

Er schüttelte den Kopf.

»Sorry, Max, aber ich versteh nicht.«

Da ergeht es dir nicht anders als mir.

Sydow kippte die Milch in seinen Kaffee, verrührte sie, betrachtete den Wirbel, den er dabei erzeugte. Ihm war, als versinke er selbst in einem Strudel. *Seit drei Monaten und dreizehn Tagen!*

Als er aufschaute, begegnete er Nickis besorgtem Blick.

Es war der normale Gang der Dinge gewesen, dass sie sich damals, nach der Schule, aus den Augen verloren hatten – jeder hatte sein Studium, andere Städte, neue Freunde, irgendwann ein neues Leben.

Gelegentlich hatten sie noch voneinander gehört, sich getroffen, zuletzt vor vier, fünf Jahren, aber es war nie mehr wie früher gewesen.

Früher waren sie sowas wie beste Freunden; sie hatten einander vertraut, geholfen, manchmal auch nur, indem sie dem anderen ein geduldiges Ohr schenkten.

»Sie ist weg«, wiederholte Sydow.

»Ja, ja, schon klar, das hab ich kapiert. Aber ... wie? Warum? Wohin?«

»Ich weiß es nicht.«

»Wie? Du weißt es nicht?«

Beklommen nippte Sydow an seinem Kaffee.

»Hat sie sich in einer Rauchwolke aufgelöst?«

Er verzog keine Miene.

»Ach, komm, Max! Jetzt erzähl!«

DREIUNDFÜNFZIG

Isa warf einen Blick zurück. Tatsächlich, hinter drei anderen Pkws fuhr ein schwarzer SUV. Sofort zog sich ihr Magen zusammen.

In derselben Sekunde wurde sie auf dem Sitz zur Seite geworfen, als Fritz mit einem abrupten Schlenker in die Autobahn-Ausfahrt schoss.

Isa sah ihn verwirrt an. »Was ...?«

»Ich will wissen«, erneut blickte Fritz in den Rückspiegel, »ob das wirklich diese Typen von gestern sind.«

Auch Isa schaute abermals zurück. Zu ihrem Entsetzen folgte ihnen der SUV Richtung Waltersdorf.

An der Kreuzung sprang die Ampel auf Gelb. Der Motor heulte auf, als Fritz das Gaspedal durchtrat. Der Bulli machte einen Satz und raste über die rote Ampel.

Fritz bremste kurz, bog scharf nach links und erhöhte sofort wieder das Tempo.

Wieder wurde Isa in den Sitz gepresst. Als sie sich umdrehte, sah sie den SUV, der an der Kreuzung halten musste.

Sie rasten durch Waltersdorf, kurz darauf ließen sie das Örtchen hinter sich und folgten einer Landstraße. Je weiter sie fuhren, desto weniger Verkehr herrschte. Sie kamen durch Kiekebusch, passierten eine Hauptstraße, ein paar Nebenstraßen, Einfamilienhäuser. Gleich danach rückten Bäume dichter an die Straße heran. Kurven schlängelten sich durch ein Wäldchen. Wie aus dem Nichts tauchte ein weiteres Dorf auf, das ebenso schnell wieder hinter ihnen verschwand.

Ein Pick-Up überholte sie, entfernte sich rasch zwischen den ersten Ausläufern eines Waldes.

Der SUV war weg.

»Es war ein Fehler, zu Sam zu fahren«, sagte Isa.

»Lässt sich nicht mehr ändern.« Fritz zuckte mit den Schultern. »Aber vielleicht waren sie es auch gar nicht.«

»Meinst du?«

»Es gibt mehr als einen schwarzen SUV.«

Womit er nicht Unrecht hatte.

In Groß-Kienitz gelangten sie an eine T-Kreuzung, der sie nach links in Richtung Autobahn folgten. Ein paar Gewerbebetriebe reihten sich an der Straße entlang.

Gleich darauf kurvten sie wieder durch ein Wäldchen. Die Autobahn war nur noch zwei Kilometer entfernt und –

»Scheiße!« Fritz trat auf die Bremse.

Hinter der Kurve tauchte der Pick-Up von vorhin auf. Er stand quer auf der Straße.

VIERUNDFÜNFZIG

Plötzlich wollte Sydow alles erzählen.

»Vor drei Monaten«, hörte er sich sagen, »wir ermittelten gerade in einem Fall von Kindstötung, und das bedeutet Überstunden, Abgründe, das zehrt an den Kräften.«

»Ja«, bestätigte Nicki, »kann ich mir denken.«

»Dann kam die spontane Geburtstagsparty von Tom, einem Kollegen. Eigentlich wollte ich gar nicht hin, aber dann ... dann habe ich mich überreden lassen. Bei allen lagen die Nerven blank, alle tranken zu viel, *ich* trank zu viel.«

»Könnt ich jetzt auch gerade.«

»Wie auch immer, ich war müde, genervt, zornig, und ich suchte ... keine Ahnung ... wahrscheinlich ein Ventil. Und dann war da ...«, Sydow zögerte, »... Catja.«

»Catja?«

»Damals noch Kommissarsanwärterin.«

»Du hast ...« Nicki schüttelte bestürzt den Kopf. »Du hast mit ihr ... Nicht wirklich, oder?«

Sydow trank noch einen Schluck Kaffee. »Wie gesagt, ich war nicht mehr Herr meiner Selbst, hatte die Zeit – und nicht nur die – aus den Augen verloren. Denn Nina sollte mich an jenem Abend abholen. Tat sie auch. Sie kam rein, suchte mich und ...«

»Scheiße!«

Damit war alles gesagt. Sydow beließ es bei einem grimmigen Kopfnicken.

»Deshalb ist sie weg?«, fragte Nicki.

»Sie setzte sich in ihren alten VW Käfer und fuhr davon.«

»Und ...«

»... man fand ihren Wagen ein paar Straßen weiter. Offenbar war sie damit gegen einen Laternenmast geprallt. Von ihr selbst fehlte jede Spur. Bis heute.«

»Das verstehe ich nicht.«

And all the ones that love me, sang Ed Sheeran, *they just left me on the shelf.*

»Max«, sagte Nicki, »verdammt, warum hast du dich nicht bei mir gemeldet?«

Du hast nie ein Wort darüber verloren.

Sydow hatte mit niemandem darüber gesprochen, weil er es weder wollte noch konnte. Weil es ohnehin keiner verstand. Er begriff es ja selbst kaum.

Manche Taten geschehen einfach so.

Jetzt fragte er sich, was er sich davon erhofft hatte, es seinem alten Kumpel zu erzählen. Als ob der ihm helfen könne. Nicki hatte ganz offensichtlich eigene Probleme.

Sydow schob die Tasse beiseite. »Also, weshalb hast du angerufen?«

Verwundert über den abrupten Themenwechsel sah Nicki ihn an.

»Du sagtest, es ist dringend.«

Nicki leckte sich die Lippen, dann griff er in den Rucksack, kramte einen rostroten Umschlag hervor, der in der Mitte mit einer braunen, kunstvoll geschwungenen Feder, in den vier Ecken mit kleinen, ebensolchen Federn geschmückt war. »Ich hab da was. Ich weiß nicht, an wen ich mich wenden kann. Verdammt, kannst du der Sache nachgehen?«

»Was ist das?«

»Es ist wichtig.«

»Nicki ...«

»Schon gut, also ...«, Nicki hielt inne, schien mit sich zu ringen, »ich muss kurz ausholen. Mariella und ich betreiben seit einiger Zeit die Privatdetektei *Rossi & Jäger*. Schau nicht so! Es war eine dieser spontanen Ideen bei zu viel Wein.« Er grinste schief. »Nicht nur du trinkst manchmal zu viel.«

Wütend funkelte Sydow ihn an.

»Entschuldige, das ... das war dumm von mir.«

Jetzt bereute Sydow, ihm davon erzählt zu haben.

»Also«, beeilte sich Nicki zu sagen, »wie auch immer, es klang spannend, ein neues Abenteuer, wir haben uns da aber dann tatsächlich reingefuchst.«

»Und?«

»Ja, und jetzt waren wir an einem Fall in Lindau am Bodensee dran. In einer Villa in Bad Schachen sollten angeblich widerrechtliche Bestattungen mit einem Resomator stattfinden. Du weißt schon: Kalilauge und so.«

»Verstehe«, sagte Sydow, verstand aber kein Wort.

»Unsere Hinweise haben sich immer weiter verdichtet, weil eine Firma in der Nähe große Mengen Kaliumhydroxid an die Villa liefert. Und dann hatten wir noch paar andere Hinweise. Und dann ... sind wir da eingestiegen.«

Sydow traute seinen Ohren nicht. »Ihr seid eingebrochen?«

»Ja, aber warte!« Nicki beugte sich weiter zu ihm vor. Trotz der lauten Musik senkte er seine Stimme: »Wir fanden einen Keller unterm Keller. Mit Geheimtür und Pipapo. Und da unten sieht's verdammt nach einer Mörderbutze aus.«

»Mörderbutze?«

»Ja, verdammt! Wir fanden einen Torso in einem Tank! Und den Resomator, der gerade eine Frau auflöste.«

»Warum habt ihr euch nicht da unten an die Polizei gewandt?«

»Warte, es geht noch weiter.«

Sydow war nicht sicher, ob er noch mehr hören wollte.

»Wir sind bei der ... der Recherche aufgeflogen. Es waren drei Typen. Die haben sofort auf uns geschossen.«

»Noch ein Grund zur Polizei zu gehen.«

»Die schossen auf uns, Max! Wir konnten mit knapper Müh und Not entkommen – nur dabei hat Mariella einen der Typen in Notwehr ... erschossen.«

Sydow wollte etwas sagen, ließ es dann aber bleiben.

»Das war Samstagnacht«, fuhr Nicki fort. »Am Sonntag war dann in den Nachrichten, dass Einbrecher bei einem vereitelten Einbruchsversuch einen Polizisten erschossen hätten.«

»Ihr habt *einen Polizisten erschossen?*«

»Hörst du, Max! Die bringen in dem Keller Leute um, lösen sie in Lauge auf, und die Polizei steckt mit drin! Wir sind erstmal untergetaucht. Wir wussten nicht mehr, an wen wir uns wenden sollten!«

»Einen Polizisten!«

»Verdammt, in Notwehr! Aber … ich sagte doch, die stecken mit drin in der Sache. Außerdem wollten die uns umbringen und auch in ihrem beschissenen Tank auflösen!«

Sydow ließ einige Sekunden verstreichen, in denen er sich Nickis Worte durch den Kopf gehen ließ. Unterdessen kreiste sein Blick durch das Café. Niemand schien Notiz von ihnen zu nehmen.

My farewell, so before I save someone else, I've got to save myself.

Inzwischen war er froh, dass die Musik so laut plärrte. »Seitdem seid ihr untergetaucht?«

»Klar! Wenn die uns finden, bringen die uns doch um! Deswegen brauch ich ja auch deine Hilfe!«

Sydow betrachtete den rostroten Umschlag. »Und was ist hier drin?«

»Ach so, genau, ja … wir fanden im Keller unter anderem auch eine Akte zu einem Alexander Graf, dreiunddreißig, wohnhaft in Frankfurt im Grand Tower. Mit in der Mappe lagen Zeitungsartikel über einen ungeklärten Mord am Bodensee vom Frühjahr. Ich hab dem Herrn Graf gestern einen Besuch abgestattet. Irgendwas stimmt definitiv mit dem Kerl nicht. Er glaubte, ich würde ihn erpressen. Als er dann begriff, dass ich nicht der Erpresser bin, zog er Leine. Aber da läuft was. Möglicherweise ein Zusammenhang zu Lindau.«

»Irgendwelche Beweise?«

»Nein. Nur die Akte. Und das Bauchgefühl.«

Sydow öffnete den Umschlag, warf einen Blick hinein. Die Akte zum erwähnten Alexander Graf war wie von Nicki geschildert: Dreiunddreißig Jahre, wohnhaft in Frankfurt, ein erfolgreicher Market Analytics Manager bei einem Pharma-Unternehmen, ledig, keine Kinder, stattdessen teure Anzüge, Uhren, Wagen, eine luxuriöse Eigentumswohnung.

Die Angaben umfassten außerdem Grafs familiäres Umfeld; die Mutter war bei der Geburt gestorben, der Vater ein renommierter Anwalt, Grafs Zwillingsschwester Annabelle ebenfalls Anwältin und hoch angesehen. Von jener Sorte Erfolgsmenschen lebten in der Bankenmetropole vermutlich unzählige, insofern gab es nichts, was außergewöhnlich war an den Unterlagen.

Weniger angenehm dagegen waren die beigelegten Zeitungsausschnitte zu einem ungeklärten Mord an einer jungen Frau am Bodensee. Ob eine Verbindung zwischen Graf und dem Mord bestand, ging aus der Akte allerdings nicht hervor. Sydow klappte sie zu. »Was erwartest du von mir?«

»Na, was wohl? Check diesen Graf. Und finde heraus, was da in der Villa passiert. Das ist was ganz Großes, Furchtbares.«

»Wie stellst du dir das vor?«

»Du bist Polizist!«

Der gerade einen eigenen, verzwickten Mordfall zu lösen hat.

Sydows Handy vibrierte. Eine WhatsApp-Nachricht traf ein. Unbekannte Nummer. Er ignorierte sie. »Nicki ...«

»Bitte, du musst uns helfen!«

Sydow schwieg.

»Wer denn sonst? Du bist der einzige Bulle, dem ich noch vertraue.«

My farewell, so before I save someone else, I've got to save myself.

Zähneknirschend willigte Sydow ein. »Okay, ich schau's mir an.«

»Danke!«

»Wo seid ihr untergekommen?«

»In unserem Wohnmobil.«

»Wie kann ich euch erreichen?«

»Nutz am besten *diese* Nummer.« Nicki schob ein Kärtchen mit einer mit Bleistift notierten Handynummer über den Tisch und lächelte schief. »Prepaidhandy. Für alle Fälle.«

Sydow nahm die Karte an sich, griff nach der Akte. Er schüttelte den Kopf. »Ist da sonst noch etwas, das ich wissen muss?«

»Nein.«

»Sicher?«

»Das ist alles, Max, ehrlich!«

»Warum habe ich das Gefühl, dass du nicht die ganze Wahrheit sagst?«

»Keine Ahnung. Wahrscheinlich hast du zu oft mit Lügnern zu tun.«

Seufzend leerte Sydow seine Tasse. Der Kaffee war längst kalt. »Ich melde mich.« Dann eilte er ins Freie, über die Straße, hinauf ins Büro.

Er setzte sich an den Schreibtisch, legte die Akte vor sich hin, zückte sein Handy, um nach Nicki, Mariella, deren Privatdetektei, nach einer Schießerei am Bodensee, einem toten Polizisten und anderen, etwaigen Morden zu googeln.

Dabei bemerkte er die WhatsApp-Nachricht, die vorhin eingetroffen war.

Er klickte sie an. Sie enthielt ein Foto.

Sydows Kehle schnürte sich zu.

Das Bild zeigte Melissa. Vor ihrer Schule. Aus unmittelbarer Nähe.

FÜNFUNDFÜNFZIG

Isa erstarrte.

Ein Mann sprang aus dem Pick-Up und lief auf sie zu.

»Scheiße!«, fluchte Fritz. »*Scheiße!*«

Es war das erste Mal, dass Isa ihn derart die Fassung verlieren hörte. Was ihre Angst prompt noch mehr befeuerte.

Mit knirschendem Getriebe legte Fritz den Rückwärtsgang ein. Er gab Gas. Der Motor heulte auf. Der Bulli schoss zurück.

Er kam nur wenige Meter weit.

Hinter ihnen tauchte der schwarze SUV aus dem Wald auf. Er stellte sich ebenfalls quer auf die Straße. Zwei Männer stiegen aus.

Fluchend trat Fritz auf die Bremse.

In der gleichen Sekunde standen die beiden Typen neben Isa.

»*Drück den Türknopf runter*«, schrie Fritz.

Noch immer saß Isa wie gelähmt da.

»*Den Knopf!*« Fritz beugte sich über sie hinweg. Zu spät!

Die Beifahrertür flog auf.

SECHSUNDFÜNFZIG

Sydow sprang auf, lief in den Flur, wählte Melissas Nummer.

»Max, ich ... Autsch!« Catja, die aus ihrem Büro kam, prallte mit ihm zusammen. Mit schmerzverzerrter Miene rieb sie sich die Schulter.

Er presste sich das Handy ans Ohr, rannte weiter zum Fahrstuhl und drückte den Knopf neben der Tür. Das Freizeichen erklang.

»Max?« Catja kam ihm nach. »Was ist denn?«

Der Aufzug ließ viel zu lange auf sich warten. Sydow presste die Fahrstuhltaste erneut.

Die Mailbox seiner Tochter sprang an.

»Du siehst aus, als hättest du ein Gespenst gesehen.«

Er trennte die Verbindung. Sein Herz pochte. *Alles in Ordnung,* beruhigte er sich. *Melissa ist im Unterricht.* Trotzdem hämmerte er auf die Fahrstuhltaste ein.

»*Max!*«, erschallte Eggensbergers Stimme. »*Wir müssen ... Max?*«

Sydow war bereits auf dem Weg zum Treppenhaus. Mehrere Stufen auf einmal nehmend hastete er hinunter ins Erdgeschoss. Catja folgte ihm dicht auf den Fersen. »Was ist denn los?«

Erneut versuchte er, Melissa zu erreichen.

Wieder sprang nur die Mailbox an.

Alles in Ordnung, sie hat nur ihr Handy auf stumm.

Er beschleunigte seine Schritte, während er durch das Foyer zum Ausgang spurtete. Draußen waren die Wolkenfelder zerrissen. Sonnenlicht bohrte sich wie glühender Stahl in seine Augen.

Er rannte weiter zum Wagen.

»Max, verdammt!« Catja packte ihn am Ärmel, riss ihn zurück. »Hast du jetzt endgültig den Verstand verloren?«

Mit einem wütenden Schrei wirbelte er herum.

Entsetzt schrak sie vor ihm zurück.

Sein Zorn erlosch, wich wieder Panik und Verzweiflung. Sein Herz raste. Tränen verwässerten den Blick. Mit zitternden Fingern hob er das Handy, zeigte Catja das Foto.

»Ist das ... Melissa?«, fragte sie.

»Wer denn sonst?« Er löste sich mit einem Ruck aus ihrem Griff, entriegelte den Wagen, klemmte sich hinters Steuer, startete den Motor.

Catja sprang auf den Beifahrersitz.

Schon gab er Gas. Während er den Wagen über die Karl-Marx-Allee jagte, wählte er ein weiteres Mal Melissas Nummer.

Auch diesmal ging nur die Mailbox dran.

Alles in Ordnung, vielleicht will sie einfach nicht mit dir reden.

Ohne zu Bremsen nahm er den Kreisverkehr am Straußberger Platz.

Ich weiß, was du getan hast.

»Wer hat dir das Foto geschickt?«, fragte Catja.

»Ich weiß es nicht.«

»Aber wieso? Weshalb ...«

»Warum auch immer ... Verdammt!« Er trat auf die Bremse. Die Ampel am Schlesischen Tor zeigte Rot. Der Verkehr staute sich. Er klemmte das Blaulicht aufs Dach, schaltete es ein. Sofort formten die Autos eine Gasse.

Der Wagen schoss zwischen ihnen hindurch, näherte sich der Kreuzung. Sydow schaute nach rechts, nach links, bog in die Warschauer Straße. Während die Häuser an ihnen vorbeiflogen, tippte er wieder Melissas Nummer. Vergeblich.

Immer wieder musste er bremsen, weil der Verkehr sich staute. Der Alltag in Berlin. Das Leben ging seinen normalen Gang. Sydows eigenes Leben geriet endgültig aus den Fugen.

Wie in Zeitlupe schlichen Häuser, Geschäfte, Kneipen an ihnen vorbei.

Dann endlich – Neukölln.

Die letzten Meter bis zur Kepler-Oberschule waren eine Qual.

Er stellte den Wagen quer auf den Bordstein, stolperte ins Freie. Sein Herz schlug ihm bis zum Hals, während er über den Vorplatz und in das Gebäude hinein rannte.

Catja hatte Mühe, mit ihm Schritt zu halten.

Schüler kamen ihnen entgegen.

»Wo ist die zwölfte Klasse?«, fragte Sydow.

»Was?«

»Die zwölfte Klasse!«

»Welcher Kurs?«

Keine Ahnung.

Er hastete weiter, versuchte sich an den letzten Elternabend zu erinnern und an das Klassenzimmer seiner Tochter.

Er stürzte die Stufen hoch, den Gang entlang. Endlich riss er die Tür auf. Zwei Dutzend überraschter Augenpaare richteten sich auf ihn.

»Ja bitte?«, fragte die Lehrerin.

Sydows Blick hetzte über die Schüler. Seine Kehle schnürte sich zu. »Wo ist meine Tochter?«

SIEBENUNDFÜNFZIG

Isa schrie, als sich eine Hand in ihr Haar krallte. Verzweifelt schlug sie danach.

Die Hand ließ nicht von ihr ab, sondern zerrte ihren zappelnden Körper auf die Straße. Mit dem Becken krachte sie auf den Asphalt. Der Kopf fühlte sich an, als würde sie skalpiert.

Der Mann verpasste ihr eine Ohrfeige.

Sie heulte und trat nach ihm, während er sie über die Straße zum SUV schleifte. Schnaufend stieß er sie in den Kofferraum.

Isa wehrte sich mit Händen und Füßen. Ein weiterer Hieb traf sie an der Nase. Der Schmerz war so heftig, dass er den Widerstand brach. Durch den Tränenschleier vor den Augen bekam sie noch mit, wie Fritz zu dem Pick-Up geschleift wurde. Dann klappte die Kofferraumklappe zu.

Isa war eingeschlossen in Dunkelheit.

ACHTUNDFÜNFZIG

»Papa?«, kam Melissas Stimme aus der letzten Reihe. Grenzenlose Erleichterung schwappte über Sydow hinweg.

»Herr Sydow?«, fragte die Lehrerin.

»Es ... es ist ...« Japsend schnappte er nach Luft. »Melissa, komm bitte mit!«

»Papa?«, wiederholte sie.

»Es ist ... dringend.«

»Wie bitte?«

»Herr Sydow«, mischte sich die Lehrerin ein, »vielleicht könnten Sie mir ...«

»Sie muss weg«, schnitt Sydow ihr das Wort ab. »*Sofort!*«

Melissa starrte ihn entgeistert an.

»Herr Sydow«, auch die Lehrerin schien an seinem Verstand zu zweifeln, »ich denke ...«

»*Melissa, bitte!*«, brüllte er.

Für Sekunden herrschte atemlose Stille in dem Klassenzimmer.

»Bitte«, fügte er ungleich leiser hinzu. »Es ist wirklich wichtig.«

Etwas in seiner Stimme, vielleicht auch sein verzweifelter Blick, ließ Melissa schließlich aufstehen und ihn hinaus auf den Gang begleiten.

Catja stand dort und wartete.

Als Melissa sie bemerkte, erfüllte Verachtung ihr Gesicht. Dann drehte sie sich zu ihrem Vater um. »Verdammt, was sollte der Scheiß?«

»Melissa ...«

»Hast du sie noch alle?«

»Ich erkläre es dir später.«

»Nein, ich ...«

»Lass uns bitte erst einmal fahren.«

»Mit *euch*«, wieder ging Melissas giftiger Blick zu Catja, »fahre ich ganz sicher nirgendwo hin.«

»Wir müssen hier weg.«

»Hast du wieder getrunken?«

Die Frage versetzte ihm einen Stich. Er spürte Catjas Blick. Es dauerte einen Moment, bis er sich gefasst hatte. Die Scham allerdings klammerte sich hartnäckig an ihm fest.

»*Das*«, er zeigte Melissa die Whatsapp-Nachricht, »habe ich gerade bekommen.«

»Ein Foto, na und?«

»Wer hat es gemacht?«

»Ich jedenfalls nicht.«

»Melissa«, er wollte sie packen und schütteln, damit sie endlich begriff. Nur mühsam hielt er sich davon ab. Es reichte, dass er selbst in Panik war. »Hast du vorhin irgendjemanden hier vor der Schule gesehen?«

»Ja, meine Lehrer, Schüler …«

»Jemanden, der das Foto gemacht hat? Der dich beobachtet, der dich verfolgt hat?«

»Nein, ich …« Melissa hielt inne. Plötzlich schien sie tatsächlich zu begreifen. »Was soll das bedeuten?«

»Ich weiß es nicht.« Was glatt gelogen war. Denn die Botschaft hinter der Nachricht glaubte er sehr wohl zu verstehen. Wenn auch nicht den Grund dafür. *Oder vielleicht doch?*

Er sagte: »Lass uns bitte einfach fahren, okay?«

Zögerlich folgte ihm Melissa hinaus zum Auto.

»Max«, sagte Catja. »Dein Handy!«

Erst jetzt vernahm er durch den Aufruhr in seinem Schädel das Klingeln. Es war Tom. Er nahm den Anruf entgegen. »Kannst du eine Nummer für mich checken?«

»Ich höre.«

Sydow nannte ihm die Telefonnummer, von der die Nachricht stammte. Vermutlich gehörte sie zu einem nicht registrierten Prepaid-Handy, aber trotzdem – irgendetwas musste er unternehmen.

»Max«, sagte Tom, »weswegen ich mich aber eigentlich melde ...«

»Ja?«

»Isas Freund hat angerufen.«

Sydow brauchte einen Augenblick, bis er sich an den Namen erinnerte. »Sam?«

»Er klang ziemlich frustriert. Aber er glaubt zu wissen, wo Isa steckt.«

»Nämlich?«

»Er kannte den Mann nicht, hat sich allerdings das Autokennzeichen gemerkt, demnach handelt es sich um einen gewissen Fritz Fischer.«

»Gib die Fahndung nach ihm raus.«

»Habe ich bereits. Offenbar hat eine Streife den Wagen vorhin gesehen.«

»Wo?«

»In Treptow. Im Plänterwald.«

NEUNUNDFÜNFZIG

Isa hatte keine Ahnung, wie lange sie bereits fuhren.

Keine Panik, bleib ruhig, denk an ... ja, was?

Nicht an den dunklen, engen Kofferraum, in dem sie eingepfercht war. Nicht an das taube Gefühl in Armen und Beinen. Nicht an die Angst. Und nicht daran, was diese Typen mit Lukas gemacht hatten.

Er wurde ermordet!

Bei dem Gedanken daran schossen ihr Tränen in die Augen. Das Schluchzen wurde verschluckt vom Dröhnen des Automotors.

Sie verstummte, als sie spürte, wie der Wagen in eine Kurve bog.

Dann wurde das Auto langsamer. Die Wagentür wurde geöffnet.

Sie hörte die Stimmen der Männer, konnte aber nicht verstehen, worüber sie sich unterhielten.

Wer waren sie? Tatsächlich Polizisten?

Du weißt, was das bedeutet?

Was hatten sie mit ihr vor? Ganz sicher würden sie sie nicht auf ein Polizeirevier bringen, und auch nicht zu diesem merkwürdigen Kommissar – wie war noch gleich sein Name?

Das Auto rollte wieder an. Mit einem Ruck beschrieb es einen engen Bogen, dann fuhr es rückwärts und stoppte nach wenigen Metern. Schritte näherten sich dem Kofferraum. Die Klappe schwang in die Höhe.

Isa zuckte zusammen. Ängstlich kniff sie die Augen zu.

»Raus!«, sagte eine Stimme.

SECHZIG

Schweigend quälte sich Sydow durch die Stadt. Der Himmel hatte sich wieder zugezogen. Erste Regentropfen prasselten auf die Windschutzscheibe.

Melissa kauerte auf der Rückbank, die Arme vor der Brust verschränkt, die Augen geschlossen. Nur ihr Kiefer, der fortwährend auf einem Kaugummi mahlte, ließ erkennen, dass sie nicht schlief.

Catja starrte vom Beifahrersitz in die Trübnis draußen.

Irgendwann erreichten sie den Plänterwald, ein grünes Kleinod mitten in der Stadt. Sydow nahm den Dammweg, vorbei an einer Laubenpieper-kolonie, kleinen Holzhütten mit Spitzdach und einem Bäumchen vor der Tür, einer anderen Welt, wie es schien.

Die Straße mündete im Parkplatz des ehemaligen Spreeparks, einem seit fast zwei Jahrzehnten verlassenen, heruntergekommenen Freizeitpark. Ein Großteil der Fläche war von Schutzpolizeibeamten abgesperrt.

Kriminaltechniker wuselten um einen alten, bunten VW-Bulli herum, aus dem in dieser Sekunde Tom, gekleidet in einen Einwegoverall, kletterte. Er bemerkte Sydows Wagen, winkte ihnen, bevor er einige Worte mit einem der Kriminaltechniker wechselte.

Sydow drehte sich zu seiner Tochter um. »Warte bitte.«

Kurz trafen sich ihre Blicke. Sie schien etwas erwidern zu wollen, eine Frage, einen Protest, so genau konnte er das nicht erkennen. Dann nickte sie nur.

Noch immer schenkte sie Catja keinerlei Beachtung.

Sydow trat ins Freie, ging zum Wagen des Tatort- und Erkennungsdienstes und streifte sich einen Einwegoverall über.

Tom kam auf ihn zu. »Leider sind wir zu spät. Isa ist schon wieder weg.«

»Was soll das heißen?«, fragte Catja, die sich ebenfalls einen Overall anzog.

Verzagt kratzte sich Tom den Bart. »Offenbar hat er sie umgebracht und ... na ja ... entsorgt. So wie seine übrigen Opfer.«

»Wer?«

»Na, er!« Tom deutete auf einen Baum einige Schritte neben dem Bulli.

Zwischen den Zweigen einer Platane baumelten zwei Beine.

»Friedrich Fischer«, sagte Tom.

Sydow zog sich Einweghandschuhe und -stulpen über, dann lief er auf den Erhängten zu.

»Offenbar ist er auf den Bulli geklettert«, erklärte Tom, »hat sich das Seil um den Hals gebunden und ist gesprungen.«

Fischers Arme hingen schlaff zu beiden Seiten herab, sein Mund war zu einem lautlosen Schrei aufgerissen. Mit leerem Blick starrte er auf die rostigen Überreste des Spreepark-Riesenrads. Eine Pfütze aus Fäkalien war im feuchten Laubboden geronnen.

Sydow fragte: »Hast du einen Abschiedsbrief gefunden?«

»Nein«, sagte Tom, »aber ... nun ... offenbar war der Selbstmord sein letzter Ausweg, bevor wir ihn erwischen.«

Sydow trat näher an die Leiche heran.

Alles sah aus, als habe Fischer tatsächlich Suizid begangen.

Allerdings hielten Menschen, die sich selbst erhängten, meist die Augen geschlossen – und nicht in heilloser Panik weit aufgerissen. Und sie hatten auch keine Abwehrverletzungen an den Händen. Fischers Finger dagegen waren voller Abschürfungen.

Vielleicht hatte er sich diese Verletzungen bei dem verzweifelten Versuch zugezogen, sich in letzter Sekunde doch noch von dem tödlichen Seil um seinen Hals zu befreien. Vielleicht.

»Und *das* ist der Serienmörder, den wir suchen?«, fragte Catja.

»Kommt mit!« Tom stieg in den Bulli.

Drinnen war der Wagen gemütlich eingerichtet mit einer Kochnische, einem kleinen Kühlschrank, einer Essecke, die zugleich zu einem Bett ausgeklappt werden konnte.

Tom zog eine Schublade auf. »Das dürfte reichen.«

In einer kleinen Schachtel lagen mehrere Ketten, daran die grünen Medaillons, die den Heiligen Benedikt zeigten.

»Der Schutzpatron der Lehrer«, sagte Tom. »Fischer war mal Lehrer, bevor er den Job vor Jahren gekündigt hat und durch die Lande reiste.«

Catja betrachtete die Anhänger. »Du meinst ...«

»Ja, um die Morde zu begehen.«

»Es gibt also tatsächlich noch mehr als nur die in Berlin?«

»Einen weiteren Fall definitiv. Ich habe das ViCLAS geprüft, es gibt einen ungelösten Mordfall am Bodensee.«

Sydow stutzte. »Am Bodensee?«

»Auch eine blonde Frau, erdrosselt mit einer Kette, daran ein solches Medaillon.«

Sydow wollte etwas sagen.

»Aber das ist noch nicht alles«, kam ihm Tom zuvor, zog eine weitere Schublade auf und brachte einen rostroten Umschlag zum Vorschein – in der Mitte mit einer großen, braunen, kunstvoll geschwungenen Feder, in den vier Ecken mit kleinen, ebensolchen Federn.

Etwas in Sydow zog sich zusammen.

Reiner Zufall wäre Zufall.

Er fragte: »Was enthält dieser Umschlag?«

»Offenbar hat Fischer so etwas wie«, Tom deutete Gänsefüßchen an, »*Trophäen* gesammelt.« Er öffnete den Umschlag, zog eine Akte hervor. Statt der Informationen über Alexander Graf und der Zeitungsartikel über den Mord am Bodensee enthielt die Akte nur noch einen Stapel Fotos.

Catja beäugte die Bilder. Die erste Aufnahme zeigte Carmen Milowski, zweifellos tot, erdrosselt, im Kassenraum des *Kinder-Spiele-Tobe-Lands*.

Das zweite Foto war von Agnes Seidel, der Obdachlosen, getötet hinter einem Strauch im Viktoriapark.

Die nächste Aufnahme zeigte eine junge Frau. Sydow erkannte ihr Gesicht von den Zeitungsausschnitten wieder, die in der Akte enthalten gewesen waren, die Nicki ihm gegeben hatte.

Es gab noch eine Vielzahl weiterer Aufnahmen, doch er ersparte sich fürs Erste den Anblick. Wozu auch? Er hatte genug gesehen.

Viel wichtiger war ihm: »*Dieser* Umschlag lag also hier in der Schublade?«

»Ja«, bestätigte Tom.

»Wer hat ihn entdeckt?«

»Ich, während ich den Bulli durchsucht habe, kurz bevor ihr aufgetaucht seid. Wieso fragst du?«

Ohne zu antworten stieg Sydow aus dem Bulli.

Vor nicht einmal eineinhalb Stunden hatte er den Umschlag von seinem alten Kumpel Nicki erhalten. Nach dem Erhalt der Whatsapp-Nachricht hatte er ihn auf dem Schreibtisch zurückgelassen. Wer hatte davon gewusst? Und wie kam er hierher?

Die Polizei steckt mit drin!

Plötzlich glaubte er nicht nur das Foto von Melissa zu verstehen, sondern auch den Grund für die unverhohlene Warnung.

Das ist was ganz Großes, Furchtbares.

Sydow schaute zu seinem Wagen. Noch immer hockte seine Tochter auf der Rückbank.

Ihre Blicke trafen sich.

Er spürte einen Knoten im Magen.

»Max«, Catja stieg ebenfalls aus dem Bulli, »Max, hier ist ...« Sie brach ab.

Etwas an ihrem Tonfall ließ ihn innehalten.

»Max«, Catjas Stimme zitterte. Sie hielt die Akte in der Hand.

Fragend sah er sie an.

»Max«, wiederholte sie.

»Was ist?«

Langsam, als zweifele sie an ihrem Vorhaben, klappte sie die Akte auf.

» *Was?* «

Sie schien sich einen Ruck zu geben, blätterte durch die Fotos der erdrosselten Frauen, bis sie das Bild gefunden hatte, das sie suchte. Dann reichte sie es ihm.

Er streckte die Hand danach aus. Auf halbem Weg erstarrte er.

Sein Magen krampfte sich zusammen.

Seine Hand zitterte, als er die Aufnahme ergriff.

»Max«, Catja trat zu ihm, »es ...« Ihre Stimme war nur noch ein Flüstern. »Es tut mir leid.«

Er schmeckte Galle auf der Zunge.

Das Bild zeigte Nina. Seine Frau.

»DIE AKADEMIE DES TODES«

Liebe Leserin, lieber Leser,

interessiert es Sie, wer Alexander Graf ist, dessen Akte Max von seinem alten Kumpel Nicki ausgehändigt bekommt? Dann lesen Sie »Lerne zu hassen« von Emely Dark.

Wollen Sie wissen, auf welches dunkle Geheimnis Max' Kumpel Nicki im Keller der Villa gestoßen ist? Dann empfehle ich Ihnen »Lerne zu fürchten« von Timo Leibig.

Viel Spaß beim Lesen wünschen
Martin Krist, Emely Dark und Timo Leibig

DÜSTER. BLUTIG. SPANNEND.
»DIE AKADEMIE DES TODES«

EMELY DARK

LERNE ZU

DIE AKADEMIE DES TODES

HASSEN

THRILLER

TIMO LEIBIG

LERNE ZU

DIE AKADEMIE DES TODES

FÜRCHTEN

THRILLER

Es gibt Newsletter. Und es gibt: BÖSE BRIEFE.
Der Krimi-Newsletter von Martin Krist.
Mit Buchtipps, Autoreninterviews, Rezensionen.
Und viel mehr. Jeden Monat neu.
Jetzt abonnieren unter:

www.Martin-Krist.de